〔唐〕李白 著

李白詩選

廣陵書社

中國·揚州

圖書在版編目（CIP）數據

李白詩選 / （唐）李白著. -- 揚州 : 廣陵書社, 2019.1（2020.8重印）
（經典國學讀本）
ISBN 978-7-5554-1161-1

Ⅰ. ①李… Ⅱ. ①李… Ⅲ. ①唐詩—詩集 Ⅳ. ①I222.742

中國版本圖書館CIP數據核字(2018)第281537號

書　　名　李白詩選
著　　者　〔唐〕李白
責任編輯　胡　珍
出 版 人　曾學文
裝幀設計　鴻儒文軒

出版發行　廣陵書社
揚州市維揚路349號　郵編:225009
(0514)85228081(總編辦)　85228088(發行部)
http://www.yzglpub.com　E-mail:yzglss@163.com
印　　刷　三河市華東印刷有限公司

開　　本　880毫米×1230毫米　1/32
印　　張　7.375
字　　數　78千字
版　　次　2019年1月第1版
印　　次　2020年8月第2次印刷
書　　號　ISBN 978-7-5554-1161-1
定　　價　38.00圓

編輯説明

自上世紀九十年代始，我社陸續編輯出版一套綫裝本中華傳統文化普及讀物，名爲《文華叢書》。編者孜孜矻矻，兀兀窮年，歷經二十載，聚爲上百種，集腋成裘，蔚爲可觀。叢書以内容經典、形式古雅、編校精審，深受讀者歡迎，不少品種已不斷重印，常銷常新。

國學經典，百讀不厭，其中藴含的生活情趣、生命哲理、人生智慧，以及家國情懷、歷史經驗、宇宙真諦，令人回味無窮，啓迪至深。爲了方便讀者閲讀國學原典，更廣泛地普及傳統文化，特于《文華叢書》基礎上，重加編輯，推出《經典國學讀本》叢書。

本叢書甄選國學之基本典籍，萃精華于一編。以内容言，所選均爲家喻户曉的經典名著，涵蓋經史子集，包羅詩詞文賦、小品蒙書，琳琅滿目；以篇幅言，每種規模不大，或數種彙于一書，便于誦讀；以形式言，採用傳統版式，字大文簡，讀來令人賞心悦目；以編輯言，力求精擇良善版本，細加校勘，注重精讀原文，偶作簡明小注，或酌配古典版畫，體現編輯的匠心。

當下國學典籍的出版方興未艾，品質參差不齊。希望這套我社經年打造的品牌叢書，能爲讀者朋友閱讀經典提供真正的精善讀本。

廣陵書社編輯部

二〇一七年十二月

出版説明

李白（七〇一—七六二），字太白，號青蓮居士。祖籍隴西成紀（今甘肅省秦安縣隴城），隋末被流放到西域的碎葉城（今中亞西亞），李白四歲時，其父李客遷回四川綿州昌隆縣（今四川省江油市）。

李白『十五好劍術』，喜任俠，觀奇書，『作賦凌相如』。懷抱『申管晏之談，謀帝王之術。奮其智能，願爲輔弼，使寰區大定，海縣清一』之理想，『浮五湖，戲滄州』，二十多歲就辭親遠游，仗劍出蜀。李白舍科舉入仕之途，希望能够憑藉自己的才華，『遍干諸侯』，薦舉爲官，但終未能如願。直至天寶元年（七四二），因道士吳筠的薦引，方被玄宗賞識，得以供奉翰林。文章風采，名滿天下。但李白放浪形骸的行爲、玄宗的寵信等使他爲同僚所不容，終遭權貴讒毀，弃官離去。在長安的一年多官宦生活，讓他深切感受到了這個盛世繁榮景象掩蓋下的深重危機。天寶三年，李白再次開始了漫游。在洛陽，偶遇杜甫，二人建立了深厚的友誼。『安史之亂』爆發後，李白投永王璘，爲其幕僚。後因永王敗而繫潯陽獄，遠謫夜郎，中途遇赦東還。晚年投奔在當塗做縣令的族叔李陽冰，六十二歲卒于當塗，葬于龍山。唐元和十二年（八一七），宣歙池觀察使范傳正根據李白生前『志在青山』的遺願，將其墓遷至青山。

李白是一位積極的浪漫主義詩人。他的詩歌從形象塑造、素材擷取到體裁選擇，再到各種藝術手法的運用，無論是從反映生活的廣度、表達思想的深度上，還是藝術創作的高度上，無不具有積極的浪漫主義精神。李白的詩歌豪放飄逸，善于運用豐富的想象來表達自己的情感，無論是現實事物、自然景觀、神話傳説、歷史典故等，無一不成爲他的創作素材。李白的七言歌行抒發感情奔放恣睢，灑脱不羈，結構跳躍跌宕，曾鞏盛贊其詩『又如長河，浩浩奔放，萬里一瀉，末勢猶壯』。絶句清新明麗，自然通俗。杜甫贊其詩『筆落驚風雨，詩成泣鬼神』，『白也詩無敵，飄然思不群。清新庾開府，俊逸鮑參軍』。

李白詩歌在當時即譽滿天下，對後世也産生了極爲深遠的影響。『天生我材必有用，千金散盡還復來』的非凡氣概，『安能摧眉折腰事權貴』的獨立人格，『戲萬乘若僚友，視同列如草芥』的凛然風骨，瑰麗奇幻的想象、清新明快的語言等藝術風格，都極大地影響了後世文人的思想和創作，他在中國詩歌史上的地位是舉足輕重的。

我社出版的《李白詩選》，以清王琦《李太白全集》爲底本，爲滿足讀者的閱讀需要，對于其中部分典故、名物等專有詞和難懂語詞略作注釋，注解不當之處，請讀者不吝指正。

廣陵書社編輯部

二〇一八年十一月

目録

李白詩選

古風

其一

《大雅》久不作，吾衰竟誰陳？
《王風》委蔓草，戰國多荊榛。
龍虎相啖食，兵戈逮狂秦。
正聲何微茫，哀怨起騷人。
揚馬激頽波，開流蕩無垠。
廢興雖萬變，憲章亦已淪。
自從建安來，綺麗不足珍。
聖代復元古，垂衣貴清真。
群才屬休明，乘運共躍鱗。

揚馬：指漢代辭賦家揚雄和司馬相如。

文質相炳焕，衆星羅秋旻。
我志在删述，垂輝映千春。
希聖如有立，絶筆于獲麟。

獲麟：《春秋·哀公十四年》：『西狩獲麟。』孔子作《春秋》，至此而止。

其三

秦王掃六合，虎視何雄哉！
揮劍决浮雲，諸侯盡西來。
明斷自天啓，大略駕群才。
收兵鑄金人，函谷正東開。

兵：兵器。

銘功會稽嶺，騁望琅邪臺。
刑徒七十萬，起土驪山隈。
尚采不死藥，茫然使心哀。

連弩射海魚，長鯨正崔嵬。
額鼻象五岳，揚波噴雲雷。
鬐鬣蔽青天，何由睹蓬萊。
徐市載秦女，樓船幾時回。
但見三泉下，金棺葬寒灰。

其九

莊周夢胡蝶，胡蝶爲莊周。
一體更變易，萬事良悠悠。青門：長安城東南門。
乃知蓬萊水，復作清淺流。東陵侯：秦亡後，東陵侯邵平入漢爲布
青門種瓜人，舊日東陵侯。衣，種瓜于長安城東，瓜味甚美，時人
富貴故如此，營營何所求。稱之爲東陵瓜。

其十四

胡關饒風沙，蕭索竟終古。
木落秋草黃，登高望戎虜。
荒城空大漠，邊邑無遺堵。
白骨橫千霜，嵯峨蔽榛莽。
借問誰陵虐。天驕毒威武。
赫怒我聖皇，勞師事鼙鼓。
陽和變殺氣，發卒騷中土。
三十六萬人，哀哀泪如雨。
且悲就行役，安得營農圃。
不見征戍兒，豈知關山苦。

榛莽：叢雜的草木。

赫怒：盛怒。

陽和：春天的暖氣。

李牧今不在，邊人飼豺虎。

其十八

天津三月時，千門桃與李。

天津：洛水上之天津橋。

朝爲斷腸花，暮逐東流水。
前水復後水，古今相續流。
新人非舊人，年年橋上游。
鷄鳴海色動，謁帝羅公侯。
月落西上陽，餘輝半城樓。
衣冠照雲日，朝下散皇州。

皇州：皇城，首都。

鞍馬如飛龍，黄金絡馬頭。
行人皆辟易，志氣横嵩丘。

辟易：驚慌地退去。

入門上高堂，列鼎錯珍羞。
香風引趙舞，清管隨齊謳。
七十紫鴛鴦，雙雙戲庭幽。
行樂争晝夜，自言度千秋。
功成身不退，自古多愆尤。
黄犬空嘆息，绿珠成釁讎。
何如鴟夷子，散髮棹扁舟？鴟（音痴）夷子：指范蠡。

其三十一

鄭客西入關，行行未能已。
白馬華山君，相逢平原里。
璧遺鎬池君，明年祖龍死。

秦人相謂曰：『吾屬可去矣。』
一往桃花源，千春隔流水。

其三十三

北溟有巨魚，身長數千里。
仰噴三山雪，横吞百川水。
憑陵隨海運，燀赫因風起。
吾觀摩天飛，九萬方未已。

其三十四

羽檄如流星，虎符合專城。
喧呼救邊急，群鳥皆夜鳴。
白日曜紫微，三公運權衡。

羽檄：插上羽毛的徵兵文書，表示很緊急。

天地皆得一，澹然四海清。
借問此何爲，答言楚徵兵。
渡瀘及五月，將赴雲南征。
怯卒非戰士，炎方難遠行。
長號别嚴親，日月慘光晶。
泣盡繼以血，心摧兩無聲。
困獸當猛虎，窮魚餌奔鯨。

窮：追趕。

千去不一回，投軀豈全生。
如何舞干戚，一使有苗平？

其三十五

醜女來效顰，還家驚四鄰。

壽陵失本步，笑殺邯鄲人。

一曲斐然子，雕蟲喪天真。

棘刺造沐猴，三年費精神。

功成無所用，楚楚且華身。

《大雅》思文王，頌聲久崩淪。

安得郢中質，一揮成風斤？　斤：斧子。

其三十九

登高望四海，天地何漫漫。

霜被群物秋，風飄大荒寒。

榮華東流水，萬事皆波瀾。

白日掩徂暉，浮雲無定端。　徂暉：落日之光。

梧桐巢燕雀，枳棘栖鴛鸞。
且復歸去來，劍歌《行路難》。

其四十六

一百四十年，國容何赫然！
隱隱五鳳樓，峨峨横三川。
王侯象星月，賓客如雲烟。
鬥鷄金宫裏，蹴踘瑶臺邊。
舉動摇白日，指揮回青天。
當塗何翕忽，失路長弃捐。
獨有楊執戟，閉關草《太玄》。

蹴踘：踢球。

其四十八

秦皇按寶劍，赫怒震威神。
逐日巡海右，驅石駕滄津。
徵卒空九宇，作橋傷萬人。
但求蓬島藥，豈思農鳸春？
力盡功不贍，千載爲悲辛。

其五十一

殷后亂天紀，楚懷亦已昏。
夷羊滿中野，菉葹盈高門。菉葹：均惡草名。喻讒諂之徒。
比干諫而死，屈平竄湘源。
虎口何婉孌？女嬃空嬋娟。女嬃：屈原之姊。後爲姐姐代稱。
彭咸久淪没，此意與誰論。

其五十五

齊瑟彈東吟，秦弦弄西音。
慷慨動顏魄，使人成荒淫。
彼美佞邪子，婉孌來相尋。
一笑雙白璧，再歌千黃金。
珍色不貴道，詎惜飛光沉。
安識紫霞客，瑶臺鳴素琴。

其五十九

惻惻泣路岐，哀哀悲素絲。
路岐有南北，素絲易變移。
萬事固如此，人生無定期。

田竇相傾奪，賓客互盈虧。田竇：指田蚡、竇嬰。

世途多翻覆，交道方嶮巇。

斗酒强然諾，寸心終自疑。

張陳竟火滅，蕭朱亦星離。張陳：指張耳、陳餘。蕭朱：指蕭育、朱博。

衆鳥集榮柯，窮魚守枯池。

嗟嗟失歡客，勤問何所規。

遠別離

遠別離，古有皇英之二女，乃在洞庭之南，瀟湘之浦。

海水直下萬里深，誰人不言此離苦？

日慘慘兮雲冥冥，猩猩啼烟兮鬼嘯雨，我縱言之將何補。

皇穹竊恐不照余之忠誠，雷憑憑兮欲吼怒，堯舜當之亦禪禹。

君失臣兮龍爲魚，權歸臣兮鼠變虎。
或云堯幽囚，舜野死，九疑聯綿皆相似，重瞳孤墳竟何是。
帝子泣兮緑雲間，隨風波兮去無還。
慟哭兮遠望，見蒼梧之深山。
蒼梧山崩湘水絶，竹上之泪乃可滅。

公無渡河

黄河西來决崑侖，咆哮萬里觸龍門。
波滔天，堯咨嗟。
大禹理百川，兒啼不窺家。
殺湍堙洪水，九州始蠶麻。
其害乃去，茫然風沙。

披髮之叟狂而痴，清晨徑流欲奚爲？
旁人不惜妻止之，公無渡河苦渡之。
虎可搏，河難馮，公果溺死流海湄。
有長鯨白齒若雪山，公乎公乎挂罥于其間，箜篌所悲竟不還。

蜀道難

噫吁嚱，危乎高哉！
蜀道之難，難于上青天。
蠶叢及魚鳧，開國何茫然。
爾來四萬八千歲，不與秦塞通人烟。
西當太白有鳥道，可以横絶峨眉巔。
地崩山摧壯士死，然後天梯石棧相鈎連。

上有六龍回日之高標，下有衝波逆折之回川。

黄鶴之飛尚不得過，猿猱欲度愁攀援。

青泥何盤盤，百步九折縈岩巒。

捫參歷井仰脅息，以手撫膺坐長嘆。參、井：俱星宿名。參三星，爲蜀之分野。井八星，爲秦之分野。

問君西游何時還，畏途巉岩不可攀。巉岩：山石高峻貌。

但見悲鳥號古木，雄飛雌從繞林間。

又聞子規啼夜月，愁空山。

蜀道之難，難于上青天，使人聽此凋朱顔。

連峰去天不盈尺，枯松倒挂倚絶壁。

飛湍瀑流争喧豗，砯崖轉石萬壑雷。豗（音暉）：互相撞擊。

其險也若此，嗟爾遠道之人胡爲乎來哉！

劍閣崢嶸而崔嵬，一夫當關，萬夫莫開。
所守或匪親，化爲狼與豺。
朝避猛虎，夕避長蛇。
磨牙吮血，殺人如麻。
錦城雖云樂，不如早還家。
蜀道之難，難于上青天，側身西望長咨嗟。

咨嗟：嘆息。

梁甫吟

長嘯《梁甫吟》，何時見陽春。
君不見朝歌屠叟辭棘津，八十西來釣渭濱。
寧羞白髮照清水，逢時壯氣思經綸。
廣張三千六百鈎，風期暗與文王親。

大賢虎變愚不測，當年頗似尋常人。

君不見高陽酒徒起草中，長揖山東隆準公。

入門不拜騁雄辯，兩女輟洗來趨風。

東下齊城七十二，指揮楚漢如旋蓬。

狂客落魄尚如此，何況壯士當群雄。

我欲攀龍見明主，雷公砰訇震天鼓。砰訇（音烹烘）：大聲。

帝旁投壺多玉女，三時大笑開電光，倏爍晦冥起風雨。

閶闔九門不可通，以額扣關閽者怒。

白日不照吾精誠，杞國無事憂天傾。

猰貐磨牙競人肉，騶虞不折生草莖。騶虞：獸名，白虎黑文，不食生物。

手接飛猱搏彫虎，側足焦原未言苦。

智者可卷愚者豪，世人見我輕鴻毛。

力排南山三壯士，齊相殺之費二桃。

吴楚弄兵無劇孟，亞夫咍爾爲徒勞。咍：嗤笑。

《梁甫吟》，聲正悲。張公兩龍劍，神物合有時。

風雲感會起屠釣，大人峴屼当安之。峴屼：不安貌。

烏夜啼

黄雲城邊烏欲栖，歸飛啞啞枝上啼。

機中織錦秦川女，碧紗如烟隔窗語。秦川女：指前秦秦州刺史竇滔妻蘇氏。

停梭悵然憶遠人，獨宿孤房泪如雨。

烏栖曲

姑蘇臺上烏栖時，吴王宫裏醉西施。

吴歌楚舞歡未畢，青山欲銜半邊日。
銀箭金壺漏水多，起看秋月墜江波，東方漸高奈樂何！

戰城南

去年戰，桑乾源；今年戰，葱河道。
洗兵條支海上波，放馬天山雪中草。洗兵：出兵遇到下雨。此指進軍。
萬里長征戰，三軍盡衰老。
匈奴以殺戮爲耕作，古來惟見白骨黄沙田。
秦家築城備胡處，漢家還有烽火燃。
烽火燃不息，征戰無已時。
野戰格鬥死，敗馬號鳴向天悲。
烏鳶啄人腸，銜飛上挂枯樹枝。烏鳶：烏鴉和鷂鷹。

士卒塗草莽，將軍空爾爲。

乃知兵者是凶器，聖人不得已而用之。

將進酒

君不見黄河之水天上來，奔流到海不復回。

君不見高堂明鏡悲白髮，朝如青絲暮成雪。

人生得意須盡歡，莫使金樽空對月。

天生我材必有用，千金散盡還復來。

烹羊宰牛且爲樂，會須一飲三百杯。

岑夫子，丹丘生，將進酒，杯莫停。岑夫子、丹丘生：指岑勛和元丹丘。

與君歌一曲，請君爲我傾耳聽。

鐘鼓饌玉不足貴，但願長醉不用醒。

古來聖賢皆寂寞，惟有飲者留其名。

陳王昔時宴平樂，斗酒十千恣歡謔。陳王：曹植。

主人何爲言少錢，徑須沽取對君酌。

五花馬，千金裘，呼兒將出换美酒，與爾同銷萬古愁。

行行且游獵篇

邊城兒，生年不讀一字書，但知游獵誇輕趫。

胡馬秋肥宜白草，騎來躡影何矜驕。

金鞭拂雪揮鳴鞘，半酣呼鷹出遠郊。

弓彎滿月不虛發，雙鶬迸落連飛髇。髇（音囂）：響箭。

海邊觀者皆辟易，猛氣英風振沙磧。辟易：退却。

儒生不及游俠人，白首下帷復何益。

飛龍引（二首）

其一

黄帝鑄鼎于荆山，煉丹砂，丹砂成黄金。

騎龍飛上太清家，雲愁海思令人嗟。

宫中彩女顔如花，飄然揮手凌紫霞，從風縱體登鸞車。

登鸞車，侍軒轅，遨游青天中，其樂不可言。

其二

鼎湖流水清且閑，軒轅去時有弓劍，古人傳道留其間。

後宫嬋娟多花顔，乘鸞飛烟亦不還，騎龍攀天造天關。

造天關，聞天語，屯雲河車載玉女。

載玉女，過紫皇，紫皇乃賜白兔所搗之藥方。

後天而老凋三光，下視瑶池見王母，蛾眉蕭颯如秋霜。

天馬歌

天馬來出月支窟，背爲虎文龍翼骨。
嘶青雲，振緑髮，蘭筋權奇走滅没。
騰昆侖，歷西極，四足無一蹶。
鷄鳴刷燕晡秣越，神行電邁躡恍惚。
天馬呼，飛龍趨，目明長庚臆雙鳧。
尾如流星首渴烏，口噴紅光汗溝朱。
曾陪時龍躍天衢，羈金絡月照皇都。
逸氣棱棱凌九區，白璧如山誰敢沽。
回頭笑紫燕，但覺爾輩愚。

天馬奔，戀君軒，駷躍驚矯浮雲翻。
萬里足躑躅，遥瞻閶闔門。
不逢寒風子，誰采逸景孫。
白雲在青天，丘陵遠崔嵬。
鹽車上峻坂，倒行逆施畏日晚。
伯樂翦拂中道遺，少盡其力老弃之。
願逢田子方，惻然爲我悲。
雖有玉山禾，不能療苦飢。
嚴霜五月凋桂枝，伏櫪銜冤摧兩眉。
請君贖獻穆天子，猶堪弄影舞瑶池。

行路難（三首）

其一

金樽清酒斗十千，玉盤珍羞直萬錢。斗十千：指一斗酒值萬錢，形容酒價昂貴。

停杯投箸不能食，拔劍四顧心茫然。

欲渡黄河冰塞川，將登太行雪滿山。

閑來垂釣碧溪上，忽復乘舟夢日邊。

行路難，行路難，多歧路，今安在？

長風破浪會有時，直挂雲帆濟滄海。

其二

大道如青天，我獨不得出。

羞逐長安社中兒，赤鷄白狗賭梨栗。赤鷄白狗：指以鬥鷄走狗作爲賭博。

彈劍作歌奏苦聲，曳裾王門不稱情。

淮陰市井笑韓信，漢朝公卿忌賈生。

君不見昔時燕家重郭隗，擁篲折節無嫌猜。篲：掃帚。

劇辛樂毅感恩分，輸肝剖膽效英才。

昭王白骨縈蔓草，誰人更掃黃金臺。

行路難，歸去來。

其三

有耳莫洗潁川水，有口莫食首陽蕨。

含光混世貴無名，何用孤高比雲月。

吾觀自古賢達人，功成不退皆殞身。

子胥既弃吴江上，屈原終投湘水濱。

陸機雄才豈自保，李斯税駕苦不早。税駕：解下駕車的馬，言休息。

華亭鶴唳詎可聞，上蔡蒼鷹何足道。
君不見吳中張翰稱達生，秋風忽憶江東行。
且樂生前一杯酒，何須身後千載名。

長相思

長相思，在長安。
絡緯秋啼金井闌，微霜淒淒簟色寒。
絡緯：俗稱紡織娘。
孤燈不明思欲絕，卷帷望月空長嘆。
美人如花隔雲端，上有青冥之高天，下有淥水之波瀾。
天長路遠魂飛苦，夢魂不到關山難。
長相思，摧心肝！

上留田行

行至上留田，孤墳何崢嶸。
積此萬古恨，春草不復生。
悲風四邊來，腸斷白楊聲。
借問誰家地，埋没蒿里塋。
古老向予言，言是上留田，
蓬科馬鬣今已平，昔之弟死兄不葬，他人于此舉銘旌。
一鳥死，百鳥鳴；一獸走，百獸驚。
桓山之禽别離苦，欲去回翔不能征。
田氏倉卒骨肉分，青天白日摧紫荆。
交讓之木本同形，東枝顦顇西枝榮。
無心之物尚如此，參商胡乃尋天兵？

孤竹延陵，讓國揚名。

高風緬邈，頹波激清。

尺布之謠，塞耳不能聽。

夜坐吟

冬夜夜寒覺夜長，沉吟久坐坐北堂。

冰合井泉月入閨，金釭青凝照悲啼。

金釭滅，啼轉多。掩妾泪，聽君歌。

歌有聲，妾有情。情聲合，兩無違。

一語不入意，從君萬曲梁塵飛。

箜篌謠

攀天莫登龍，走山莫騎虎。

貴賤結交心不移，惟有嚴陵及光武。
周公稱大聖，管蔡寧相容。
漢謠一斗粟，不與淮南舂。
兄弟尚路人，吾心安所從。
他人方寸間，山海幾千重。
輕言托朋友，對面九疑峰。
多花必早落，桃李不如松。
管鮑久已死，何人繼其踪？

胡無人

嚴風吹霜海草凋，筋幹精堅胡馬驕。
漢家戰士三十萬，將軍兼領霍嫖姚。

流星白羽腰間插，劍花秋蓮光出匣。
天兵照雪下玉關，虜箭如沙射金甲。
雲龍風虎盡交回，太白入月敵可摧。
敵可摧，旄頭滅，履胡之腸涉胡血。
懸胡青天上，埋胡紫塞旁。紫塞：長城土色皆紫，故稱。
胡無人，漢道昌。
陛下之壽三千霜，但歌大風雲飛揚，安用猛士兮守四方。

北風行

燭龍栖寒門，光耀猶旦開。
日月照之何不及此？惟有北風號怒天上來。
燕山雪花大如席，片片吹落軒轅臺。

幽州思婦十二月，停歌罷笑雙蛾摧。
倚門望行人，念君長城苦寒良可哀。
别時提劍救邊去，遺此虎文金鞞靫。
中有一雙白羽箭，蜘蛛結網生塵埃。
箭空在，人今戰死不復回。
不忍見此物，焚之已成灰。
黄河捧土尚可塞，北風雨雪恨難裁。

俠客行

趙客縵胡纓，吴鈎霜雪明。
銀鞍照白馬，颯沓如流星。
十步殺一人，千里不留行。

事了拂衣去，深藏身與名。
閑過信陵飲，脱劍膝前横。
將炙啖朱亥，持觴勸侯嬴。
三杯吐然諾，五岳倒爲輕。

吐然諾：答應。

眼花耳熱後，意氣素霓生。
救趙揮金槌，邯鄲先震驚。
千秋二壯士，烜赫大梁城。
縱死俠骨香，不慚世上英。

俠骨香：俠士美名千古傳頌。

誰能書閣下，白首《太玄經》。

關山月

明月出天山，蒼茫雲海間。

長風幾萬里，吹度玉門關。
漢下白登道，胡窺青海灣。白登：山名，在大同東南，匈奴曾圍漢高祖于此。
由來征戰地，不見有人還。
戍客望邊色，思歸多苦顏。
高樓當此夜，嘆息未應閑。

獨漉篇

獨漉水中泥，水濁不見月。
不見月尚可，水深行人没。
越鳥從南來，胡雁亦北度。
我欲彎弓向天射，惜其中道失歸路。
落葉別樹，飄零隨風。

客無所托，悲與此同。
羅帷舒卷，似有人開。
明月直入，無心可猜。
雄劍挂壁，時時龍鳴。
不斷犀象，綉澀苔生。
綉澀：銹蝕。
國耻未雪，何由成名。
神鷹夢澤，不顧鴟鳶。
鴟鳶：鷂鷹。
爲君一擊，鵬摶九天。

陽春歌

長安白日照春空，緑楊結烟桑裊風。
披香殿前花始紅，流芳發色綉户中。

綉户中，相經過。

飛燕皇后輕身舞，紫宫夫人絶世歌。

聖君三萬六千日，歲歲年年奈樂何。

楊叛兒

君歌《楊叛兒》，妾勸新豐酒。

何許最關人？烏啼白門柳。白門：建康城西門，即宣陽門。古人稱西方爲白。

烏啼隱楊花，君醉留妾家。

博山爐中沉香火，雙烟一氣凌紫霞。

雙燕離

雙燕復雙燕，雙飛令人羡。

玉樓珠閣不獨栖，金窗綉户長相見。

柏梁失火去，因入吴王宫。
吴宫又焚蕩，雛盡巢亦空。
憔悴一身在，孀雌憶故雄。
雙飛難再得，傷我寸心中。

于闐采花

于闐采花人，自言花相似。
明妃一朝西入胡，胡中美女多羞死。
乃知漢地多明姝，胡中無花可方比。
丹青能令醜者妍，無鹽翻在深宫裹。無鹽：無鹽女。相傳人極
自古妒蛾眉，胡沙埋皓齒。醜。

鞠歌行

玉不自言如桃李，魚目笑之卞和耻。
楚國青蠅何太多，連城白璧遭讒毀。
荆山長號泣血人，忠臣死爲刖足鬼。
聽曲知甯戚，夷吾因小妻。
秦穆五羊皮，買死百里奚。
洗拂青雲上，當時賤如泥。
朝歌鼓刀叟，虎變磻溪中。
一舉釣六合，遂荒營丘東。
平生渭水曲，誰識此老翁？
奈何今之人，雙目送飛鴻。

幽澗泉

拂彼白石，彈吾素琴。

幽澗愀兮流泉深，善手明徽高張清。

心寂歷似千古，松颼飀兮萬尋。

中見愁猿吊影而危處兮，叫秋木而長吟。

客有哀時失職而聽者，泪淋浪以沾襟。

乃緝商綴羽，潺湲成音。潺湲：水流動聲。

吾但寫聲發情于妙指，殊不知此曲之古今。

幽澗泉，鳴深林。

中山孺子妾歌

中山孺子妾，特以色見珍。

雖不如延年妹，亦是當時絶世人。

桃李出深井，花艷驚上春。
一貴復一賤，關天豈由身。
芙蓉老秋霜，團扇羞網塵。
戚姬髡髮入春市，萬古共悲辛。

設辟邪伎鼓吹雉子斑曲辭

辟邪伎作鼓吹驚，雉子斑之奏曲成，喔咿振迅欲飛鳴。
扇錦翼，雄風生。
雙雌同飲啄，趫悍誰能爭。
乍向草中耿介死，不求黃金籠下生。
天地至廣大，何惜遂物情。
善卷讓天子，務光亦逃名。

所貴曠士懷，朗然合太清。

久别離

别來幾春未還家，玉窗五見櫻桃花。
况有錦字書，開緘使人嗟。
至此腸斷彼心絶，雲鬟緑鬢罷梳結，愁如回飆亂白雪。
去年寄書報陽臺，今年寄書重相催。
東風兮東風，爲我吹行雲使西來。
待來竟不來，落花寂寂委青苔。

白頭吟

錦水東北流，波蕩雙鴛鴦。
雄巢漢宫樹，雌弄秦草芳。

寧同萬死碎綺翼，不忍雲間兩分張。
此時阿嬌正嬌妒，獨坐長門愁日暮。阿嬌：漢武帝皇后之小字。
但願君恩顧妾深，豈惜黄金買詞賦。
相如作賦得黄金，丈夫好新多异心。
一朝將聘茂陵女，文君因贈《白頭吟》。
東流不作西歸水，落花辭條羞故林。
兔絲故無情，隨風任傾倒。
誰使女蘿枝，而來强縈抱。
兩草猶一心，人心不如草。
莫卷龍鬚席，從他生網絲。
且留琥珀枕，或有夢來時。

覆水再收豈滿杯，弃妾已去難重回。
古來得意不相負，只今惟見青陵臺。

采蓮曲

若耶溪旁采蓮女，笑隔荷花共人語。
日照新妝水底明，風飄香袂空中舉。
岸上誰家游冶郎，三三五五映垂楊。
紫騮嘶入落花去，見此踟躕空斷腸。

若耶溪：在紹興南。

臨江王節士歌

洞庭白波木葉稀，燕鴻始入吴雲飛。
吴雲寒，燕鴻苦。
風號沙宿瀟湘浦，節士悲秋泪如雨。

白日當天心，照之可以事明主。

壯士憤，雄風生。

安得倚天劍，跨海斬長鯨。

司馬將軍歌

狂風吹古月，竊弄章華臺。

北落明星動光彩，南征猛將如雲雷。

手中電曳倚天劍，直斬長鯨海水開。

我見樓船壯心目，頗似龍驤下三蜀。

三蜀：蜀郡、廣漢、犍爲三郡，皆在今四川境內。

揚兵習戰張虎旗，江中白浪如銀屋。

身居玉帳臨河魁，紫髯若戟冠崔嵬。

細柳開營揖天子，始知灞上爲嬰孩。

羌笛横吹《阿彈迴》，向月樓中吹《落梅》。

將軍自起舞長劍，壯士呼聲動九垓。九垓：九重天。

功成獻凱見明主，丹青畫像麒麟臺。

結襪子

燕南壯士吴門豪，築中置鉛魚隱刀。

感君恩重許君命，太山一擲輕鴻毛。

結客少年場行

紫燕黄金瞳，啾啾摇緑鬉。

平明相馳逐，結客洛門東。

少年學劍術，凌轢白猿公。凌轢（音栗）：欺凌。

珠袍曳錦帶，匕首插吴鴻。

由來萬夫勇，挾此生雄風。
托交從劇孟，買醉入新豐。
笑盡一杯酒，殺人都市中。
羞道易水寒，從令日貫虹。
燕丹事不立，虛没秦帝宫。
舞陽死灰人，安可與成功。

長干行（二首）

其一

妾髮初覆額，折花門前劇。
郎騎竹馬來，繞床弄青梅。
同居長干里，兩小無嫌猜。

十四爲君婦，羞顔未嘗開。
低頭向暗壁，千喚不一回。
十五始展眉，願同塵與灰。
常存抱柱信，豈上望夫臺。抱柱：《莊子》載，尾生與女子約會于梁下，女子不來，水漫不去，抱梁柱而死。
十六君遠行，瞿塘灧澦堆。
五月不可觸，猿聲天上哀。
門前遲行迹，一一生緑苔。
苔深不能掃，落葉秋風早。
八月胡蝶來，雙飛西園草。
感此傷妾心，坐愁紅顔老。
早晚下三巴，預將書報家。

相迎不道遠，直至長風沙。

不道遠：不嫌遠。

其二

憶妾深閨裏，烟塵不曾識。
嫁與長干人，沙頭候風色。
五月南風興，思君下巴陵。
八月西風起，想君發揚子。
去來悲如何，見少別離多。
湘潭幾日到？妾夢越風波。
昨夜狂風度，吹折江頭樹。
淼淼暗無邊，行人在何處？
好乘浮雲驄，佳期蘭渚東。

鴛鴦緑蒲上，翡翠錦屏中。
自憐十五餘，顔色桃花紅。
那作商人婦，愁水復愁風。

古朗月行

小時不識月，呼作白玉盤。
又疑瑶臺鏡，飛在青雲端。
仙人垂兩足，桂樹何團團。
白兔擣藥成，問言與誰餐。
蟾蜍蝕圓影，大明夜已殘。
羿昔落九烏，天人清且安。
陰精此淪惑，去去不足觀。

憂來其如何，淒愴摧心肝。

上之回

三十六離宮，樓臺與天通。
閣道步行月，美人愁烟空。
恩疏寵不及，桃李傷春風。
淫樂意何極，金輿向回中。
萬乘出黃道，千騎揚彩虹。
前軍細柳北，後騎甘泉東。
豈問渭川老，寧邀襄野童。
但慕瑶池宴，歸來樂未窮。
獨不見

白馬誰家子，黄龍邊塞兒。
天山三丈雪，豈是遠行時。
春蕙忽秋草，莎鷄鳴曲池。
風催寒梭響，月入霜閨悲。
憶與君别年，種桃齊蛾眉。
桃今百餘尺，花落成枯枝。
終然獨不見，流泪空自知。

白紵辭（三首）

其一

揚清歌，發皓齒，北方佳人東鄰子。
且吟《白紵》停《緑水》，長袖拂面爲君起。

寒雲夜卷霜海空，胡風吹天飄塞鴻，玉顔滿堂樂未終。

其二

館娃日落歌吹深，月寒江清夜沉沉。

美人一笑千黄金，垂羅舞縠揚哀音。

郢中白雪且莫吟，子夜吴歌動君心。

動君心，冀君賞，願作天池雙鴛鴦，一朝飛去青雲上。

其三

吴刀剪彩縫舞衣，明妝麗服奪春暉。

揚眉轉袖若雪飛，傾城獨立世所稀。

《激楚》《結風》醉忘歸，高堂月落燭已微，玉釵挂纓君莫違。

妾薄命

漢帝寵阿嬌，貯之黄金屋。
咳唾落九天，隨風生珠玉。
寵極愛還歇，妒深情却疏。
長門一步地，不肯暫回車。
雨落不上天，水覆難再收。
君情與妾意，各自東西流。
昔日芙蓉花，今成斷根草。
以色事他人，能得幾時好？

幽州胡馬客歌

幽州胡馬客，緑眼虎皮冠。
笑拂兩隻箭，萬人不可干。

拂：拔出。干：冒犯。

彎弓若轉月，白雁落雲端。
雙雙掉鞭行，游獵向樓蘭。
出門不顧後，報國死何難。
天驕五單于，狼戾好凶殘。
牛馬散北海，割鮮若虎餐。
雖居燕支山，不道朔雪寒。
婦女馬上笑，顔如赬玉盤。
翻飛射鳥獸，花月醉雕鞍。
旄頭四光芒，争戰若蜂攢。
白刃灑赤血，流沙爲之丹。
名將古誰是？疲兵良可嘆。

何時天狼滅，父子得安閑。

天狼：天狼星，主征戰。

門有車馬客行

門有車馬賓，金鞍耀朱輪。

謂從丹霄落，乃是故鄉親。

呼兒掃中堂，坐客論悲辛。

對酒兩不飲，停觴泪盈巾。

嘆我萬里游，飄飄三十春。

空談帝王略，紫綬不挂身。

雄劍藏玉匣，陰符生素塵。

廓落無所合，流離湘水濱。

廓落：空寂。

借問宗黨間，多爲泉下人。

生苦百戰役，死托萬鬼鄰。

北風揚胡沙，埋翳周與秦。

翳：障蔽。

大運且如此，蒼穹寧匪仁？

惻愴竟何道，存亡任大鈞。

任大鈞：聽任自然。

君子有所思行

紫閣連終南，青冥天倪色。

憑崖望咸陽，宮闕羅北極。

萬井驚畫出，九衢如弦直。

渭水銀河清，橫天流不息。

朝野盛文物，衣冠何翕艴。

翕艴：盛貌。

厩馬散連山，軍容威絶域。

伊皋運元化，衛霍輸筋力。
歌鐘樂未休，榮去老還逼。
圓光過滿缺，太陽移中昃。
不散東海金，何争西輝匿？
無作牛山悲，惻愴泪沾臆。

東海有勇婦

梁山感杞妻，慟哭爲之傾。
金石忽暫開，都由激深情。
東海有勇婦，何慚蘇子卿。
學劍越處子，超騰若流星。
捐軀報夫讎，萬死不顧生。

白刃耀素雪，蒼天感精誠。
十步兩躩躍，三呼一交兵。
斬首掉國門，蹴踏五藏行。
豁此伉儷憤，粲然大義明。

伉儷憤：殺夫之讎。

北海李使君，飛章奏天庭。
舍罪警風俗，流芳播滄瀛。
名在列女籍，竹帛已光榮。
淳于免詔獄，漢主爲緹縈。

緹縈：漢淳于公之女。曾上書爲父求情。

津妾一棹歌，脱父于嚴刑。
十子若不肖，不如一女英。
豫讓斬空衣，有心竟無成。

要離殺慶忌，壯夫所素輕。

妻子亦何辜，焚之買虛聲。

買虛聲：求得虛名。

豈如東海婦，事立獨揚名。

黃葛篇

黃葛生洛溪，黃花自綿冪。

綿冪（音密）：密而相覆之意。

青烟蔓長條，繚繞幾百尺。

閨人費素手，采緝作絺綌。

絺綌：葛之精者爲絺，粗者爲綌。

縫爲絶國衣，遠寄日南客。

蒼梧大火落，暑服莫輕擲。

此物雖過時，是妾手中迹。

白馬篇

龍馬花雪毛，金鞍五陵豪。
秋霜切玉劍，落日明珠袍。
鬥雞事萬乘，軒蓋一何高。
弓摧南山虎，手接太行猱。
酒後競風采，三杯弄寶刀。
殺人如剪草，劇孟同游遨。
發憤去函谷，從軍向臨洮。
叱咤經百戰，匈奴盡奔逃。
歸來使酒氣，未肯拜蕭曹。
羞入原憲室，荒徑隱蓬蒿。

鳳笙篇

仙人十五愛吹笙，學得昆丘彩鳳鳴。
始聞煉氣飡金液，復道朝天赴玉京。
玉京迢迢幾千里，鳳笙去去無窮已。
欲嘆離聲發絳唇，更嗟别調流纖指。
此時惜别詎堪聞，此地相看未忍分。
重吟真曲和清吹，却奏仙歌響緑雲。
緑雲紫氣向函關，訪道應尋緱氏山。
莫學吹笙王子晋，一遇浮丘斷不還。

怨歌行

十五入漢宫，花顔笑春紅。
君王選玉色，侍寢金屏中。

薦枕嬌夕月，卷衣戀春風。
寧知趙飛燕，奪寵恨無窮。
沉憂能傷人，緑鬢成霜蓬。
一朝不得意，世事徒爲空。
鷫鸘换美酒，舞衣罷雕龍。
寒苦不忍言，爲君奏絲桐。
腸斷弦亦絶，悲心夜忡忡。

塞上曲

大漢無中策，匈奴犯渭橋。

中策：即對策。

五原秋草緑，胡馬一何驕。
命將征西極，横行陰山側。

燕支落漢家，婦女無花色。

轉戰渡黄河，休兵樂事多。

蕭條清萬里，瀚海寂無波。

玉階怨

玉階生白露，夜久侵羅襪。

却下水精簾，玲瓏望秋月。

襄陽曲（四首）

其一

襄陽行樂處，歌舞《白銅鞮》。

江城回淥水，花月使人迷。

其二

山公醉酒時，酩酊高陽下。
頭上白接䍦，倒著還騎馬。

其三

峴山臨漢江，水綠沙如雪。
上有墮淚碑，青苔久磨滅。

其四

且醉習家池，莫看墮淚碑。
山公欲上馬，笑殺襄陽兒。

清平調詞（三首）

其一

雲想衣裳花想容，春風拂檻露華濃。

若非群玉山頭見，會向瑶臺月下逢。

其二

一枝紅艷露凝香，雲雨巫山枉斷腸。
借問漢宫誰得似，可憐飛燕倚新妝。

其三

名花傾國兩相歡，長得君王帶笑看。
解釋春風無限恨，沉香亭北倚闌幹。

出自薊北門行

虜陣横北荒，胡星耀精芒。
羽書速驚電，烽火晝連光。
虎竹救邊急，戎車森已行。

明主不安席，按劍心飛揚。
推轂出猛將，連旗登戰場。
兵威衝絕幕，殺氣凌穹蒼。
列卒赤山下，開營紫塞傍。
孟冬風沙緊，旌旗颯凋傷。
畫角悲海月，征衣卷天霜。
揮刃斬樓蘭，彎弓射賢王。
單于一平蕩，種落自奔亡。
收功報天子，行歌歸咸陽。

洛陽陌

白玉誰家郎，回車渡天津。

看花東陌上，驚動洛陽人。

短歌行

白日何短短，百年苦易滿。
蒼穹浩茫茫，萬劫太極長。
麻姑垂兩鬢，一半已成霜。
天公見玉女，大笑億千場。
吾欲攬六龍，回車挂扶桑。
北斗酌美酒，勸龍各一觴。
富貴非所願，爲人駐頹光。

空城雀

嗷嗷空城雀，身計何戚促。

本與鴟鵜群，不隨鳳凰族。
提携四黄口，飲乳未嘗足。
食君糠秕餘，嘗恐烏鳶逐。
恥涉太行險，羞營覆車粟。
天命有定端，守分絶所欲。

菩薩蠻

平林漠漠烟如織，寒山一帶傷心碧。
暝色入高樓，有人樓上愁。
玉階空佇立，宿鳥歸飛急。
何處是歸程，長亭連短亭。

憶秦娥

簫聲咽，秦娥夢斷秦樓月。
秦樓月，年年柳色，灞陵傷別。
樂游原上清秋節，咸陽古道音塵絶。
音塵絶，西風殘照，漢家陵闕。

發白馬

將軍發白馬，旌節渡黄河。
簫鼓聒川岳，滄溟涌濤波。
武安有震瓦，易水無寒歌。
鐵騎若雪山，飲流涸滹沱。
揚兵獵月窟，轉戰略朝那。
倚劍登燕然，邊烽列嵯峨。

蕭條萬里外，耕作五原多。
一掃清大漠，包虎戢金戈。

包虎：以虎皮包干戈，息干戈之意。

陌上桑

美女渭橋東，春還事蠶作。
五馬如飛龍，青絲結金絡。
不知誰家子，調笑來相謔。
妾本秦羅敷，玉顏艷名都。
綠條映素手，采桑向城隅。
使君且不顧，況復論秋胡？
寒螿愛碧草，鳴鳳栖青梧。
托心自有處，但怪旁人愚。

徒令白日暮，高駕空踟躕。

丁都護歌

雲陽上征去，兩岸饒商賈。
吴牛喘月時，拖船一何苦。
水濁不可飲，壺漿半成土。
一唱《都護歌》，心摧泪如雨。
萬人鑿盤石，無由達江滸。
君看石芒碭，掩泪悲千古。

吴牛喘月：《世説新語·言語》注，吴地暑熱，牛怕熱，夜見月以爲是太陽，喘氣急促。形容天氣炎熱。

相逢行

朝騎五花馬，謁帝出銀臺。
秀色誰家子，雲車珠箔開。

金鞭遥指點，玉勒近遲回。
夾轂相借問，疑從天上來。
蹙入青綺門，當歌共銜杯。
銜杯映歌扇，似月雲中見。
相見不得親，不如不相見。
相見情已深，未語可知心。
胡爲守空閨，孤眠愁錦衾。
錦衾與羅幃，纏綿會有時。
春風正澹蕩，暮雨來何遲。
願因三青鳥，更報長相思。
光景不待人，須臾髮成絲。

當年失行樂，老去徒傷悲。

持此道密意，無令曠佳期。

千里思

李陵没胡沙，蘇武還漢家。

迢迢五原關，朔雪亂邊花。

一去隔絶國，思歸但長嗟。

鴻雁向西北，因書報天涯。

君馬黃

君馬黃，我馬白，馬色雖不同，人心本無隔。

共作游冶盤，雙行洛陽陌。

長劍既照曜，高冠何赩赫。

各有千金裘，俱爲五侯客。
猛虎落陷阱，壯士時屈厄。
相知在急難，獨好亦何益。

折楊柳

垂楊拂淥水，搖艶東風年。
花明玉關雪，葉暖金窗烟。
美人結長想，對此心凄然。
攀條折春色，遠寄龍庭前。

紫騮馬

紫騮行且嘶，雙翻碧玉蹄。
臨流不肯渡，似惜錦障泥。

白雪關山遠，黃雲海戍迷。
揮鞭萬里去，安得念春閨。

豫章行

胡風吹代馬，北擁魯陽關。
吴兵照海雪，西討何時還。
半渡上遼津，黃雲慘無顏。
老母與子别，呼天野草間。
白馬繞旌旗，悲鳴相追攀。
白楊秋月苦，早落豫章山。
本爲休明人，斬虜素不閑。

休明人：清明盛世之人。

豈惜戰鬥死，爲君掃凶頑。

精感石没羽，豈雲憚險艱。精：精誠。

樓船若鯨飛，波蕩落星灣。

此曲不可奏，三軍髮成斑。

沐浴子

沐芳莫彈冠，浴蘭莫振衣。

處世忌太潔，至人貴藏暉。

滄浪有釣叟，吾與爾同歸。

静夜思

床前看月光，疑是地上霜。

舉頭望明月，低頭思故鄉。

渌水曲

渌水明秋日，南湖采白蘋。
荷花嬌欲語，愁殺蕩舟人。

鳳凰曲

嬴女吹玉簫，吟弄天上春。
青鸞不獨去，更有携手人。
影滅彩雲斷，遺聲落西秦。

鳳臺曲

嘗聞秦帝女，傳得鳳凰聲。
是日逢仙子，當時别有情。
人吹彩簫去，天借緑雲迎。
曲在身不返，空餘弄玉名。

春思

燕草如碧絲，秦桑低緑枝。
當君懷歸日，是妾斷腸時。
春風不相識，何事入羅帷。

子夜吴歌（四首）

春歌

秦地羅敷女，采桑緑水邊。
素手青條上，紅妝白日鮮。
蠶飢妾欲去，五馬莫留連。

夏歌

鏡湖三百里，菡萏發荷花。

五月西施采，人看隘若耶。

若耶：溪名，在紹興東南。

回舟不待月，歸去越王家。

秋歌

長安一片月，萬户搗衣聲。

秋風吹不盡，總是玉關情。

玉關情：妻子對戍守邊關的丈夫的思念之情。玉關，即玉門關，此泛指邊關。

何日平胡虜，良人罷遠征。

冬歌

明朝驛使發，一夜絮征袍。

素手抽針冷，那堪把剪刀。

裁縫寄遠道，幾日到臨洮。

估客行

估客：販貨的行商。

海客乘天風，將船遠行役。
譬如雲中鳥，一去無踪迹。

搗衣篇

閨裏佳人年十餘，嚬蛾對影恨離居。嚬蛾：皺眉。
忽逢江上春歸燕，銜得雲中尺素書。
玉手開緘長嘆息，狂夫猶戍交河北。
萬里交河水北流，願爲雙鳥泛中洲。
君邊雲擁青絲騎，妾處苔生紅粉樓。
樓上春風日將歇，誰能攬鏡看愁髮。
曉吹員管隨落花，夜搗戎衣向明月。
明月高高刻漏長，真珠簾箔掩蘭堂。

橫垂寶幄同心結，半拂瓊筵蘇合香。
瓊筵寶幄連枝錦，燈燭熒熒照孤寢。
有使憑將金剪刀，爲君留下相思枕。
摘盡庭蘭不見君，紅巾拭泪生氤氲。
明年若更征邊塞，願作陽臺一段雲。

長歌行

桃李得日開，榮華照當年。
東風動百物，草木盡欲言。
枯枝無醜葉，涸水吐清泉。
大力運天地，羲和無停鞭。
功名不早著，竹帛將何宣。

桃李務青春，誰能貰白日。貰（音世）：借貸。

富貴與神仙，蹉跎成兩失。

金石猶銷鑠，風霜無久質。

畏落日月後，强歡歌與酒。

秋霜不惜人，倏忽侵蒲柳。

長相思

日色欲盡花含烟，月明如素愁不眠。

趙瑟初停鳳凰柱，蜀琴欲奏鴛鴦弦。

此曲有意無人傳，願隨春風寄燕然，憶君迢迢隔青天。

昔時横波目，今作流泪泉。燕然：山名，在漠北。

不信妾腸斷，歸來看取明鏡前。

猛虎行

朝作猛虎行，暮作猛虎吟。
腸斷非關隴頭水，泪下不爲雍門琴。
旌旗繽紛兩河道，戰鼓驚山欲傾倒。
秦人半作燕地囚，胡馬翻銜洛陽草。翻：飛。
一輪一失關下兵，朝降夕叛幽薊城。
巨鰲未斬海水動，魚龍奔走安得寧。
頗似楚漢時，翻覆無定止。
朝過博浪沙，暮入淮陰市。
張良未遇韓信貧，劉項存亡在兩臣。
暫到下邳受兵略，來投漂母作主人。

賢哲栖栖古如此，今時亦弃青雲士。栖栖：忙碌的樣子。
有策不敢犯龍鱗，竄身南國避胡塵。
寶書玉劍挂高閣，金鞍駿馬散故人。
昨日方爲宣城客，掣鈴交通二千石。交通：交往。
有時六博快壯心，繞床三匝呼一擲。
楚人每道張旭奇，心藏風雲世莫知。
三吴邦伯皆顧盼，四海雄俠兩追隨。
蕭曹曾作沛中吏，攀龍附鳳當有時。
溧陽酒樓三月春，楊花茫茫愁殺人。
胡雛緑眼吹玉笛，吴歌《白紵》飛梁塵。胡雛緑眼：指緑眼睛的
丈夫相見且爲樂，槌牛撾鼓會衆賓。异族少年。

我從此去釣東海，得魚笑寄情相親。

去婦詞

古來有弃婦，弃婦有歸處。
今日妾辭君，辭君遣何去！
本家零落盡，慟哭來時路。
憶昔未嫁君，聞君却周旋。
綺羅錦綉段，有贈黄金千。
十五許嫁君，二十移所天。
結髮日未幾，離君緬山川。
家家盡歡喜，孤妾長自憐。
幽閨多怨思，盛色無十年。

相思若循環，枕席生流泉。
流泉咽不掃，獨夢關山道。
及此見君歸，君歸妾已老。
物情惡衰賤，新寵方妍好。
掩淚出故房，傷心劇秋草。
自妾爲君妻，君東妾在西。
羅幃到曉恨，玉貌一生啼。
自從離別久，不覺塵埃厚。
常嫌玳瑁孤，猶羡鴛鴦偶。
歲華逐霜霰，賤妾何能久。
寒沼落芙蓉，秋風散楊柳。

以此顛頹顔，空持舊物還。
餘生欲何寄，誰肯相牽攀。
君恩既斷絶，相見何年月？
悔傾連理杯，虚作同心結。
女蘿附青松，貴欲相依投。
浮萍失緑水，教作若爲流。
不嘆君弃妾，自嘆妾緣業。
憶昔初嫁君，小姑纔倚床。
今日妾辭君，小姑如妾長。
回頭語小姑，莫嫁如兄夫。

襄陽歌

落日欲没峴山西，倒着接䍦花下迷。接䍦：頭巾名。

襄陽小兒齊拍手，攔街争唱《白銅鞮》。

傍人借問笑何事，笑殺山公醉似泥。

鸕鷀杓，鸚鵡杯，

百年三萬六千日，一日須傾三百杯。

遥看漢水鴨頭緑，恰似葡萄初醱醅。鴨頭緑：水似鴨頭上緑毛，

此江若變作春酒，壘麴便築糟丘臺。形容水清澈。

千金駿馬换小妾，笑坐雕鞍歌《落梅》。

車旁側挂一壺酒，鳳笙龍管行相催。

咸陽市中嘆黄犬，何如月下傾金罍。

君不見晋朝羊公一片石，龜頭剥落生莓苔。

泪亦不能爲之墮，心亦不能爲之哀。

清風朗月不用一錢買，玉山自倒非人推。

舒州杓，力士鐺，李白與爾同死生。

力士鐺：用力士瓷做成的温酒器。

襄王雲雨今安在？江水東流猿夜聲。

南都行

南都信佳麗，武闕横西關。

白水真人居，萬商羅鄽闤。

高樓對紫陌，甲第連青山。

此地多英豪，邈然不可攀。

陶朱與五羖，名播天壤間。

麗華秀玉色，漢女嬌朱顔。

清歌遏流雲，艷舞有餘閑。

遨游盛宛洛，冠蓋隨風還。

走馬紅陽城，呼鷹白河灣。

誰識卧龍客，長吟愁鬢斑。

江上吟

木蘭之枻沙棠舟，玉簫金管坐兩頭。枻（音弈）：船槳。

美酒樽中置千斛，載妓隨波任去留。

仙人有待乘黄鶴，海客無心隨白鷗。

屈平詞賦懸日月，楚王臺榭空山丘。

興酣落筆摇五岳，詩成笑傲凌滄洲。

功名富貴若長在，漢水亦應西北流。西北流：指漢水倒流，喻指不可能發生的事情。

玉壺吟

烈士擊玉壺，壯心惜暮年。
三杯拂劍舞秋月，忽然高咏涕泗漣。
鳳凰初下紫泥詔，謁帝稱觴登御筵。
揄揚九重萬乘主，謔浪赤墀青瑣賢。
朝天數换飛龍馬，敕賜珊瑚白玉鞭。
世人不識東方朔，大隱金門是謫仙。
西施宜笑復宜嚬，醜女效之徒累身。
君王雖愛蛾眉好，無奈宮中妒殺人。

豳歌行上新平長史兄粲

豳谷稍稍振庭柯，涇水浩浩揚湍波。

哀鴻酸嘶暮聲急，愁雲蒼慘寒氣多。
憶昨去家此爲客，荷花初紅柳條碧。
中宵出飲三百杯，明朝歸揖二千石。
寧知流寓變光輝，胡霜蕭颯繞客衣。
寒灰寂寞憑誰暖，落葉飄揚何處歸。
吾兄行樂窮曛旭，滿堂有美顏如玉。
趙女長歌入彩雲，燕姬醉舞嬌紅燭。
狐裘獸炭酌流霞，壯士悲吟寧見嗟。
前榮後枯相翻覆，何惜餘光及棣華。

曛：黄昏，日暮。

元丹丘歌

元丹丘，愛神仙，

朝飲潁川之清流，暮還嵩岑之紫烟，三十六峰常周旋。
長周旋，躡星虹，
身騎飛龍耳生風，横河跨海與天通，我知爾游心無窮。

扶風豪士歌

洛陽三月飛胡沙，洛陽城中人怨嗟。
天津流水波赤血，白骨相撑如亂麻。
我亦東奔向吴國，浮雲四塞道路賒。賒：遠。
東方日出啼早鴉，城門人開掃落花。
梧桐楊柳拂金井，來醉扶風豪士家。
扶風豪士天下奇，意氣相傾山可移。
作人不倚將軍勢，飲酒豈顧尚書期。

雕盤綺食會衆客，吴歌趙舞香風吹。

原嘗春陵六國時，開心寫意君所知。原嘗春陵：指趙之平原君、

堂中各有三千士，明日報恩知是誰？齊之孟嘗君、楚之春申君、

撫長劍，一揚眉，清水白石何離離。魏之信陵君，號四公子。

脱吾帽，向君笑；飲君酒，爲君吟。

張良未逐赤松去，橋邊黄石知我心。

白毫子歌

淮南小山白毫子，乃在淮南小山裏。

夜卧松下雪，朝餐石中髓。

小山連綿向江開，碧峰巉岩緑水回。

余配白毫子，獨酌流霞杯。

拂花弄琴坐青苔，緑蘿樹下春風來。
南窗蕭颯松聲起，憑崖一聽清心耳。
可得見，未得親，
八公携手五雲去，空餘桂樹愁殺人。

梁園吟 梁園：漢梁孝王游賞之所，在開封東南。

我浮黄河去京闕，挂席欲進波連山。
天長水闊厭遠涉，訪古始及平臺間。
平臺爲客憂思多，對酒遂作《梁園歌》。
却憶蓬池阮公咏，因吟渌水揚洪波。
洪波浩蕩迷舊國，路遠西歸安可得？
人生達命豈暇愁，且飲美酒登高樓。

平頭奴子搖大扇，五月不熱疑清秋。
玉盤楊梅爲君設，吴鹽如花皎白雪。
持鹽把酒但飲之，莫學夷齊事高潔。
昔人豪貴信陵君，今人耕種信陵墳。
荒城虚照碧山月，古木盡入蒼梧雲。
梁王宫闕今安在？枚馬先歸不相待。

枚馬：漢代枚乘和司馬相如，都曾爲梁孝王的賓客。

舞影歌聲散淥池，空餘汴水東流海。
沉吟此事泪滿衣，黄金買醉未能歸。
連呼五白行六博，分曹賭酒酣馳暉。

五白、六博：古代的博戲。

馳暉：時光飛馳。

歌且謡，意方遠，
東山高卧時起來，欲濟蒼生未應晚。

勞勞亭歌

金陵勞勞送客堂，蔓草離離生道旁。
古情不盡東流水，此地悲風愁白楊。
我乘素舸同康樂，朗咏清川飛夜霜。
昔聞牛渚吟五章，今來何謝袁家郎。
苦竹寒聲動秋月，獨宿空簾歸夢長。

橫江詞（六首選二）

其二

海潮南去過尋陽，牛渚由來險馬當。
橫江欲渡風波惡，一水牽愁萬里長。

其五

橫江館前津吏迎，向余東指海雲生。郎今欲渡緣何事，如此風波不可行。

横江館：横江浦口的驛館。

金陵城西樓月下吟

金陵夜寂涼風發，獨上高樓望吴越。白雲映水摇空城，白露垂珠滴秋月。月下沉吟久不歸，古來相接眼中稀。解道澄江浄如練，令人長憶謝玄暉。

相接：精神相通，能够引起共鳴。解道：會説，會咏。

鳴皋歌奉餞從翁清歸五崖山居

憶昨鳴皋夢裏還，手弄素月清潭間。覺時枕席非碧山，側身西望阻秦關。麒麟閣上春還早，著書却憶伊陽好。

青松來風吹古道，綠蘿飛花覆烟草。
我家仙翁愛清真，才雄草聖凌古人，欲卧鳴皋絶世塵。
鳴皋微茫在何處？五崖峽水横樵路。
身披翠雲裘，袖拂紫烟去。
去時應過嵩少間，相思爲折三花樹。

僧伽歌

真僧法號號僧伽，有時與我論三車。三車：羊車，喻聲聞乘；
問言誦咒幾千遍，口道恒河沙復沙。鹿車，喻緣覺乘；牛車，
此僧本住南天竺，爲法頭陀來此國。喻菩薩車。
戒得長天秋月明，心如世上青蓮色。
意清凈，貌稜稜，亦不減，亦不增。

瓶裏千年舍利骨，手中萬歲胡孫藤。
嗟予落魄江淮久，罕遇真僧説空有。
一言懺盡波羅夷，再禮渾除犯輕垢。

金陵歌送别范宣

石頭巉岩如虎踞，凌波欲過滄江去。
鍾山龍盤走勢來，秀色横分歷陽樹。
四十餘帝三百秋，功名事迹隨東流。
白馬小兒誰家子，泰清之歲來關囚。
白馬小兒：謂侯景。
金陵昔時何壯哉！席卷英豪天下來。
冠蓋散爲烟霧盡，金輿玉座成寒灰。
扣劍悲吟空咄嗟，梁陳白骨亂如麻。

天子龍沉景陽井，誰歌《玉樹後庭花》？
此地傷心不能道，目下離離長春草。
送爾長江萬里心，他年來訪南山皓。

笑歌行

笑矣乎，笑矣乎！
君不見曲如鈎，古人知爾封公侯。
君不見直如弦，古人知爾死道邊。
張儀所以只掉三寸舌，蘇秦所以不墾二頃田。
笑矣乎，笑矣乎！
君不見滄浪老人歌一曲，還道滄浪濯吾足。
平生不解謀此身，虛作《離騷》遺人讀。

笑矣乎，笑矣乎！
趙有豫讓楚屈平，賣身買得千年名。
巢由洗耳有何益？夷齊餓死終無成。
君愛身後名，我愛眼前酒。
飲酒眼前樂，虛名何處有？
男兒窮通當有時，曲腰向君君不知。
猛虎不看機上肉，洪爐不鑄囊中錐。
笑矣乎，笑矣乎！
寧武子，朱買臣，叩角行歌背負薪。
今日逢君君不識，豈得不如佯狂人！

悲歌行

悲來乎，悲來乎！
主人有酒且莫斟，聽我一曲悲來吟。
悲來不吟還不笑，天下無人知我心。
君有數斗酒，我有三尺琴。
琴鳴酒樂兩相得，一杯不啻千鈞金。
悲來乎，悲來乎！
天雖長，地雖久，金玉滿堂應不守。
富貴百年能幾何？死生一度人皆有。
孤猿坐啼墳上月，且須一盡杯中酒。
悲來乎，悲來乎！
鳳鳥不至河無圖，微子去之箕子奴。

漢帝不憶李將軍，楚王放却屈大夫。

悲來乎，悲來乎！

秦家李斯早追悔，虛名撥向身之外。

范子何曾愛五湖，功成名遂身自退。

劍是一夫用，書能知姓名。

惠施不肯干萬乘，卜式未必窮一經。

還須黑頭取方伯，莫謾白首爲儒生。

秋浦歌（十七首選三）

其一

秋浦長似秋，蕭條使人愁。

秋浦：水名，在池州秋浦縣。

客愁不可度，行上東大樓。

正西望長安，下見江水流。
寄言向江水，汝意憶儂不？
遥傳一掬泪，爲我達揚州。

其十

千千石楠樹，萬萬女貞林。
山山白鷺滿，澗澗白猿吟。
君莫向秋浦，猿聲碎客心。

其十五

白髮三千丈，緣愁似個長。
不知明鏡裏，何處得秋霜。

赤壁歌送別

二龍争戰決雌雄，赤壁樓船掃地空。
烈火張天照雲海，周瑜于此破曹公。
君去滄江望澄碧，鯨鯢唐突留餘迹。澄碧：指清緑的江水。
一一書來報故人，我欲因之壯心魄。唐突：横衝直撞。

江夏行

憶昔嬌小姿，春心亦自持。
爲言嫁夫婿，得免長相思。
誰知嫁商賈，令人却愁苦。
自從爲夫妻，何曾在鄉土。
去年下揚州，相送黄鶴樓。
眼看帆去遠，心逐江水流。

只言期一載，誰謂歷三秋。
使妾腸欲斷，恨君情悠悠。
東家西舍同時發，北去南來不逾月。
未知行李游何方，作個音書能斷絶。
適來往南浦，欲問西江船。
正見當壚女，紅妝二八年。
一種爲人妻，獨自多悲凄。
對鏡便垂泪，逢人只欲啼。
不如輕薄兒，旦暮長追隨。
悔作商人婦，青春長别離。
如今正好同歡樂，君去容華誰得知？

清溪行

清溪清我心，水色异諸水。
借問新安江，見底何如此？
人行明鏡中，鳥度屏風裏。
向晚猩猩啼，空悲遠游子。

酬殷明佐見贈五雲裘歌

我吟謝朓詩上語，朔風颯颯吹飛雨。
謝朓已没青山空，後來繼之有殷公。
粉圖珍裘五雲色，曄如晴天散彩虹。
文章彪炳光陸離，應是素娥玉女之所爲。
輕如松花落金粉，濃似錦苔含碧滋。

遠山積翠横海島，殘霞飛丹映江草。
凝毫采掇花露容，幾年功成奪天造。
故人贈我我不違，著令山水含清暉。
頓驚謝康樂，詩興生我衣。
襟前林壑斂暝色，袖上雲霞收夕霏。
群仙長嘆驚此物，千崖萬嶺相縈鬱。
身騎白鹿行飄颻，手翳紫芝笑披拂。
相如不足誇鷫鸘，王恭鶴氅安可方。
瑶臺雪花數千點，片片吹落春風香。
爲君持此凌蒼蒼，上朝三十六玉皇。
下窺夫子不可及，矯首相思空斷腸。

臨路歌

大鵬飛兮振八裔，中天摧兮力不濟。八裔：八方荒遠之地。
餘風激兮萬世，游扶桑兮挂石袂。
後人得之傳此，仲尼亡兮誰爲出涕？

古意

君爲女蘿草，妾作兔絲花。
輕條不自引，爲逐春風斜。
百丈托遠松，纏綿成一家。
誰言會面易，各在青山崖。
女蘿發馨香，兔絲斷人腸。
枝枝相糾結，葉葉竟飄揚。

生子不知根，因誰共芬芳。

中巢雙翡翠，上宿紫鴛鴦。

若識二草心，海潮亦可量。

草書歌行

少年上人號懷素，草書天下稱獨步。

墨池飛出北溟魚，筆鋒殺盡中山兔。中山兔：中山在溧水縣東南，所出兔毫，爲筆最精。

八月九月天氣涼，酒徒詞客滿高堂。

箋麻素絹排數箱，宣州石硯墨色光。

吾師醉後倚繩床，須臾掃盡數千張。

飄風驟雨驚颯颯，落花飛雪何茫茫。

起來向壁不停手，一行數字大如斗。

怳怳如聞神鬼驚，時時只見龍蛇走。
左盤右蹙如驚電，狀同楚漢相攻戰。
湖南七郡凡幾家，家家屏障書題遍。
王逸少，張伯英，古來幾許浪得名。
張顛老死不足數，我師此義不師古。
古來萬事貴天生，何必要公孫大娘渾脱舞。

王逸少：晋王羲之。張伯英：後漢張芝。張顛：唐張旭，善草書。

贈孟浩然

吾愛孟夫子，風流天下聞。
紅顔弃軒冕，白首卧松雲。
醉月頻中聖，迷花不事君。
高山安可仰，徒此揖清芬。

松雲：松樹、雲霞，此借指山林。中聖：中酒，指飲酒而醉。

贈范金鄉（二首）

其一

君子枉清盼，不知東走迷。
離家未幾月，絡緯鳴中閨。
桃李君不言，攀花願成蹊。
那能吐芳信，惠好相招携。
我有結緑珍，久藏濁水泥。
時人弃此物，乃與燕石齊。
摭拭欲贈之，申眉路無梯。
遼東慚白豕，楚客羞山鷄。
徒有獻芹心，終流泣玉啼。

只應自索漠，留舌示山妻。

其二

范宰不買名，弦歌對前楹。
爲邦默自化，日覺冰壺清。
百里雞犬静，千廬機杼鳴。
浮人少蕩析，愛客多逢迎。
游子睹嘉政，因之聽頌聲。

東魯見狄博通

去年别我向何處，有人傳道游江東。
謂言挂席度滄海，却來應是無長風。

贈薛校書

我有吴趨曲，無人知此音。
姑蘇成蔓草，麋鹿空悲吟。
未誇觀濤作，空鬱釣鰲心。
舉手謝東海，虚行歸故林。

贈何七判官昌浩

有時忽惆悵，匡坐至夜分。
平明空嘯咤，思欲解世紛。
心隨長風去，吹散萬里雲。
羞作濟南生，九十誦古文。
不然拂劍起，沙漠收奇勛。
老死阡陌間，何因揚清芬。

嘯咤：呼嘯怒吼。

濟南生：漢代濟南人伏生。

清芬：美名。

夫子今管樂，英才冠三軍。管樂：管仲、樂毅。

終與同出處，豈將沮溺群？沮溺：長沮、桀溺，皆春秋時隱士。

駕去温泉宮後贈楊山人

少年落魄楚漢間，風塵蕭瑟多苦顔。

自言管葛竟誰許，長吁莫錯還閉關。

一朝君王垂拂拭，剖心輸丹雪胸臆。

忽蒙白日回景光，直上青雲生羽翼。

幸陪鸞輦出鴻都，身騎飛龍天馬駒。

王公大人借顔色，金章紫綬來相趨。

當時結交何紛紛，片言道合唯有君。

待吾盡節報明主，然後相携卧白雲。

雪讒詩贈友人

嗟余沉迷，猖獗已久。

五十知非，古人常有。

立言補過，庶存不朽。

包荒匿瑕，蓄此煩醜。

《月出》致譏，貽愧皓首。

感悟遂晚，事往日遷。

白璧何辜，青蠅屢前。

群輕折軸，下沉黃泉。

衆毛飛骨，上凌青天。萋斐：文采交錯。後比喻讒毀。

萋斐暗成，貝錦粲然。貝錦：貝紋織品。比喻毀謗讒言。

泥沙聚埃，珠玉不鮮。
洪焰爍山，發自纖烟。
滄波蕩日，起于微涓。
交亂四國，播于八埏。八埏：八方。埏：地之邊際。
拾塵掇蜂，疑聖猜賢。
哀哉悲夫，誰察予之貞堅。
彼婦人之猖狂，不如鵲之强强。
彼婦人之淫昏，不如鶉之奔奔。
坦蕩君子，無悦簧言。簧言：巧言，如笙中之簧。
擢髮續罪，罪乃孔多。續：通贖。
傾海流惡，惡無以過。

人生實難，逢此織羅。
積毀銷金，沉憂作歌。
天未喪文，其如予何。
妲己滅紂，褒女惑周。
天維蕩覆，職此之由。
漢祖吕氏，食其在傍。
秦皇太后，毐亦淫荒。

毐：嫪毐（音酷藹），秦國人。

蝃蝀作昏，遂掩太陽。

蝃蝀：謂虹。

萬乘尚爾，匹夫何傷。
辭殫意窮，心切理直。
如或妄談，昊天是殛。

子野善聽，離婁至明。離婁：黃帝時人，以明目著稱。

神靡遁響，鬼無逃形。

不我遐弃，庶昭忠誠。

贈參寥子

白鶴飛天書，南荆訪高士。

五雲在峴山，果得參寥子。

骯髒辭故園，昂藏入君門。骯髒：高亢，剛直。昂藏：氣度不凡。

天子分玉帛，百官接話言。

毫墨時灑落，探玄有奇作。

著論窮天人，千春秘麟閣。

長揖不受官，拂衣歸林巒。

余亦去金馬，藤蘿同所攀。
相思在何處？桂樹青雲端。

贈崔侍御

長劍一杯酒，男兒方寸心。
洛陽因劇孟，托宿話胸襟。
但仰山岳秀，不知江海深。
長安復攜手，再顧重千金。
君乃輶軒佐，余叨翰墨林。
高風摧秀木，虛彈落驚禽。
不取回舟興，而來命駕尋。
扶搖應借力，桃李願成陰。

笑吐張儀舌，愁爲莊舄吟。莊舄：越人，仕于楚，常思家鄉。

誰憐明月夜，腸斷聽秋砧。

走筆贈獨孤駙馬

都尉朝天躍馬歸，香風吹人花亂飛。

銀鞍紫鞚照雲日，左顧右盼生光輝。

是時僕在金門裏，待詔公車謁天子。

長揖蒙垂國士恩，壯心剖出酬知己。

一別蹉跎朝市間，青雲之交不可攀。

儻其公子重回顧，何必侯嬴長抱關。侯嬴：戰國時魏國隱士。

口號贈楊徵君

陶令辭彭澤，梁鴻入會稽。

我尋《高士傳》，君與古人齊。
雲卧留丹壑，天書降紫泥。
不知楊伯起，早晚向關西。

上李邕

大鵬一日同風起，搏摇直上九萬里。
假令風歇時下來，猶能簸却滄溟水。
時人見我恒殊調，見余大言皆冷笑。
宣父猶能畏後生，丈夫未可輕年少。

宣父：唐時尊孔子爲宣父。

贈張公洲革處士

列子居鄭圃，不將衆庶分。
革侯遁南浦，常恐楚人聞。

抱瓮灌秋蔬，心閑游天雲。
每將瓜田叟，耕種漢水濱。
時登張公洲，入獸不亂群。
井無桔槔事，門絶刺綉文。
長揖二千石，遠辭百里君。

二千石：謂太守。百里君：謂縣令。

斯爲真隱者，吾黨慕清芬。

戲贈鄭溧陽

陶令日日醉，不如五柳春。
素琴本無弦，漉酒用葛巾。

素琴：不加修飾的琴。漉酒：即濾酒。

清風北窗下，自謂羲皇人。
何時到栗里，一見平生親。

流夜郎贈辛判官

昔在長安醉花柳，五侯七貴同杯酒。
氣岸遥凌豪士前，風流肯落他人後。
夫子紅顔我少年，章臺走馬著金鞭。
文章獻納麒麟殿，歌舞淹留玳瑁筵。
與君自謂長如此，寧知草動風塵起。
函谷忽驚胡馬來，秦宫桃李向明開。
我愁遠謫夜郎去，何日金鷄放赦回。

巴陵贈賈舍人

賈生西望憶京華，湘浦南遷莫怨嗟。
聖主恩深漢文帝，憐君不遣到長沙。

對雪醉後贈王歷陽

有身莫犯飛龍鱗，有手莫辮猛虎鬚。
君看昔日汝南市，白頭仙人隱玉壺。
子猷聞風動窗竹，相邀共醉杯中緑。
歷陽何异山陰時，白雪飛花亂人目。
君家有酒我何愁，客多樂酣秉燭游。
謝尚自能鸜鵒舞，相如免脱鷫鸘裘。
清晨鼓棹過江去，千里相思明月樓。

贈汪倫

李白乘舟將欲行，忽聞岸上踏歌聲。
桃花潭水深千尺，不及汪倫送我情。

春日獨坐寄鄭明府

燕麥青青游子悲，河堤弱柳鬱金枝。
長條一拂春風去，盡日飄揚無定時。
我在河南別離久，那堪對此當窗牖。
情人道來竟不來，何人共醉新豐酒。

沙丘城下寄杜甫

我來竟何事，高卧沙丘城。
城邊有古樹，日夕連秋聲。
魯酒不可醉，齊歌空復情。
思君若汶水，浩蕩寄南征。

空復情：徒有情意。

聞王昌齡左遷龍標遥有此寄

左遷：即降職。

楊花落盡子規啼，聞道龍標過五溪。五溪：辰溪、酉溪、巫溪、武溪、沅溪。
我寄愁心與明月，隨風直到夜郎西。

新林浦阻風寄友人

潮水定可信，天風難與期。
清晨西北轉，薄暮東南吹。
以此難挂席，佳期益相思。
海月破圓影，菰蔣生綠池。
昨日北湖梅，開花已滿枝。
今朝白門柳，夾道垂青絲。
歲物忽如此，我來定幾時。
紛紛江上雪，草草客中悲。

明發新林浦，空吟謝朓詩。

新林浦：在南京城西南。

寄韋南陵冰余江上乘興訪之遇尋顏尚書笑有此贈

南船正東風，北船來自緩。
江上相逢借問君，語笑未了風吹斷。
聞君携妓訪情人，應爲尚書不顧身。
堂上三千珠履客，瓮中百斛金陵春。

金陵春：酒名。

恨我阻此樂，淹留楚江濱。
月色醉遠客，山花開欲燃。
春風狂殺人，一日劇三年。
乘興嫌太遲，焚却子猷船。
夢見五柳枝，已堪挂馬鞭。

何日到彭澤，長歌陶令前。

寄當塗趙少府炎

晚登高樓望，木落雙江清。
寒山饒積翠，秀色連州城。
目送楚雲盡，心悲胡雁聲。
相思不可見，回首故人情。

寄東魯二稚子

吴地桑葉緑，吴蠶已三眠。
我家寄東魯，誰種龜陰田。
春事已不及，江行復茫然。
南風吹歸心，飛墮酒樓前。

樓東一株桃，枝葉拂青烟。
此樹我所種，别來向三年。
桃今與樓齊，我行尚未旋。
嬌女字平陽，折花倚桃邊。
折花不見我，泪下如流泉。
小兒名伯禽，與姐亦齊肩。
雙行桃樹下，撫背復誰憐。
念此失次第，肝腸日憂煎。
裂素寫遠意，因之汶陽川。

禪房懷友人岑倫

嬋娟羅浮月，摇艷桂水雲。

美人竟獨往，而我安能群。
一朝語笑隔，萬里歡情分。
沉吟彩霞没，夢寐群芳歇。
歸鴻度三湘，游子在百越。
邊塵染衣劍，白日凋華髮。
春氣變楚關，秋聲落吴山。
草木結悲緒，風沙凄苦顔。
朅來已永久，頽思如循環。

朅：去。

飄飄限江裔，想像空留滯。

江裔：江邊。

離憂每醉心，别泪徒盈袂。
坐愁青天末，出望黄雲蔽。

目極何悠悠，梅花南嶺頭。
空長滅征鳥，水闊無還舟。
寶劍終難托，金囊非易求。
歸來儻有問，桂樹山之幽。

廬山謡寄盧侍御虚舟

我本楚狂人，鳳歌笑孔丘。
手持緑玉杖，朝别黄鶴樓。
五岳尋仙不辭遠，一生好入名山游。
廬山秀出南斗旁，屏風九疊雲錦張，影落明湖青黛光。
金闕前開二峰長，銀河倒挂三石梁。
香爐瀑布遥相望，回崖沓嶂凌蒼蒼。

翠影紅霞映朝日，鳥飛不到吴天長。
登高壯觀天地間，大江茫茫去不還。
黄雲萬里動風色，白波九道流雪山。
好爲廬山謡，興因廬山發。
閑窺石鏡清我心，謝公行處蒼苔没。
早服還丹無世情，琴心三疊道初成。琴心：寄心思于琴聲。
遥見仙人彩雲裏，手把芙蓉朝玉京。
先期汗漫九垓上，願接盧敖游太清。汗漫：空泛，不可知。

春日歸山寄孟浩然

朱紱遺塵境，青山謁梵筵。
金繩開覺路，寶筏度迷川。

嶺樹攢飛栱，岩花覆谷泉。
塔形標海日，樓勢出江烟。
香氣三天下，鐘聲萬壑連。
荷秋珠已滿，松密蓋初圓。
鳥聚疑聞法，龍參若護禪。
愧非流水韵，叨入伯牙弦。
誰道太山高，下却魯連節。

別魯頌

誰云秦軍衆，摧却魯連舌。
獨立天地間，清風洒蘭雪。
夫子還倜儻，攻文繼前烈。

錯落石上松，無爲秋霜折。

贈言鏤寶刀，千歲庶不滅。

夢游天姥吟留别

海客談瀛洲，烟濤微茫信難求。信：確實。

越人語天姥，雲霞明滅或可睹。

天姥連天向天横，勢拔五岳掩赤城。

天台四萬八千丈，對此欲倒東南傾。

我欲因之夢吴越，一夜飛度鏡湖月。

湖月照我影，送我至剡溪。

謝公宿處今尚在，渌水蕩漾清猿啼。

脚著謝公屐，身登青雲梯。

半壁見海日，空中聞天鷄。
千岩萬轉路不定，迷花倚石忽已暝。
熊咆龍吟殷岩泉，慄深林兮驚層巔。
雲青青兮欲雨，水澹澹兮生烟。
列缺霹靂，丘巒崩摧。列缺：閃電。
洞天石扇，訇然中開。
青冥浩蕩不見底，日月照耀金銀臺。
霓爲衣兮風爲馬，雲之君兮紛紛而來下。
虎鼓瑟兮鸞回車，仙之人兮列如麻。
忽魂悸以魄動，怳驚起而長嗟。
惟覺時之枕席，失向來之烟霞。

世間行樂亦如此，古來萬事東流水。

別君去兮何時還？且放白鹿青崖間，須行即騎訪名山。

安能摧眉折腰事權貴，使我不得開心顔！

留别于十一兄逖裴十三游塞垣

太公渭川水，李斯上蔡門。

釣周獵秦安黎元，小魚鵵兔何足言。

天張雲卷有時節，吾徒莫嘆羝觸藩。

于公白首大梁野，使人悵望何可論。

即知朱亥爲壯士，且願束心秋毫裏。

秦趙虎争血中原，當去抱關救公子。

裴生覽千古，龍鸞炳天章。

悲吟雨雪動林木，放書輟劍思高堂。
勸爾一杯酒，拂爾裘上霜。
爾爲我楚舞，吾爲爾楚歌。
且探虎穴向沙漠，鳴鞭走馬凌黄河。
耻作易水别，臨歧泪滂沱。

金陵酒肆留别

風吹柳花滿店香，吴姬壓酒唤客嘗。
壓酒：壓酒槽取酒。
金陵子弟來相送，欲行不行各盡觴。
盡觴：開懷暢飲。
請君試問東流水，别意與之誰短長。

黄鶴樓送孟浩然之廣陵

故人西辭黄鶴樓，烟花三月下揚州。

孤帆遠影碧空盡，唯見長江天際流。

將游衡岳過漢陽雙松亭留別族弟浮屠談皓

秦欺趙氏璧，却入邯鄲宫。
本是楚家玉，還來荆山中。
符彩照滄溟，精輝凌白虹。
青蠅一相點，流落此時同。
卓絶道門秀，談玄乃支公。
延蘿結幽居，剪竹繞芳叢。
涼花拂户牖，天籟鳴虚空。
憶我初來時，蒲萄開景風。
今兹大火落，秋葉黄梧桐。

大火：即熒惑星，心宿中央大星。

水色夢沅湘，長沙去何窮。
寄書訪衡嶠，但與南飛鴻。

南陵別兒童入京

白酒新熟山中歸，黃鷄啄黍秋正肥。
呼童烹鷄酌白酒，兒女嬉笑牽人衣。
高歌取醉欲自慰，起舞落日爭光輝。
游説萬乘苦不早，著鞭跨馬涉遠道。
會稽愚婦輕買臣，余亦辭家西入秦。
仰天大笑出門去，我輩豈是蓬蒿人。

別山僧

何處名僧到水西，乘舟弄月宿涇溪。

水西：山名，在安徽涇縣。

平明别我上山去，手携金策踏雲梯。
騰身轉覺三天近，舉足回看萬嶺低。
謔浪肯居支遁下，風流還與遠公齊。
此度别離何日見，相思一夜暝猿啼。

江夏别宋之悌

楚水清若空，遥將碧海通。
人分千里外，興在一杯中。
谷鳥吟晴日，江猿嘯晚風。
平生不下泪，于此泣無窮。

南陽送客

斗酒勿爲薄，寸心貴不忘。

坐惜故人去，偏令游子傷。
離顔怨芳草，春思結垂楊。
揮手再三別，臨歧空斷腸。

送張舍人之江東

張翰江東去，正值秋風時。
天清一雁遠，海闊孤帆遲。
白日行欲暮，滄波杳難期。
吴洲如見月，千里幸相思。

送族弟凝之滁求婚崔氏

與爾情不淺，忘筌已得魚。
玉臺挂寶鏡，持此意何如？

坦腹東床下，由來志氣疏。
遥知向前路，擲果定盈車。

金鄉送韋八之西京

客自長安來，還歸長安去。
狂風吹我心，西挂咸陽樹。
此情不可道，此别何時遇？
望望不見君，連山起烟霧。

送薛九被讒去魯

宋人不辨玉，魯賤東家丘。
我笑薛夫子，胡爲兩地游？
黄金消衆口，白璧竟難投。

梧桐生蒺藜，緑竹乏佳實。
鳳凰宿誰家？遂與群鷄匹。
田家養老馬，窮士歸其門。
蛾眉笑躄者，賓客去平原。
却斬美人首，三千還駿奔。
毛公一挺劍，楚趙兩相存。
孟嘗習狡兔，三窟賴馮諼。
信陵奪兵符，爲用侯生言。
春申一何愚，刎首爲李園。
賢哉四公子，撫掌黄泉裏。
借問笑何人？笑人不好士。

爾去且勿喧，桃李竟何言。
沙丘無漂母，誰肯飯王孫？

灞陵行送別

送君灞陵亭，灞水流浩浩。
上有無花之古樹，下有傷心之春草。
我向秦人問路歧，云是王粲南登之古道。
古道連綿走西京，紫闕落日浮雲生。
正當今夕斷腸處，黃鸝愁絶不忍聽。

送梁公昌從信安王北征

入幕推英選，捐書事遠戎。
高談百戰術，鬱作萬夫雄。

起舞蓮花劍，行歌明月宫。

將飛天地陣，兵出塞垣通。

塞垣：邊墻。

祖席留丹景，征麾拂彩虹。

旋應獻凱入，麟閣伫深功。

金陵送張十一再游東吴

張翰黄花句，風流五百年。

張翰詩句：黄花如散金。

誰人今繼作？夫子世稱賢。

再動游吴棹，還浮入海船。

春光白門柳，霞色赤城天。

赤城：山名，在浙江天台，石皆霞色。

去國難爲别，思歸各未旋。

空餘賈生泪，相顧共凄然。

送蕭三十一之魯中兼問稚子伯禽

六月南風吹白沙，吴牛喘月氣成霞。
水國鬱蒸不可處，時炎道遠無行車。
夫子如何涉江路？雲帆裊裊金陵去。
高堂倚門望伯魚，魯中正是趨庭處。
我家寄在沙丘旁，三年不歸空斷腸。
君行既識伯禽子，應駕小車騎白羊。

送友人

青山横北郭，白水繞東城。
此地一爲别，孤蓬萬里征。
浮雲游子意，落日故人情。

揮手自茲去，蕭蕭班馬鳴。

送別

斗酒渭城邊，壚頭醉不眠。
梨花千樹雪，楊葉萬條烟。
惜別傾壺醑，臨分贈馬鞭。
看君潁上去，新月到應圓。

醑（音許）：美酒。

送麴十少府

試發清秋興，因爲吴會吟。
碧雲斂海色，流水折江心。
我有延陵劍，君無陸賈金。
艱難此爲別，惆悵一何深。

餞校書叔雲

少年費白日，歌笑矜朱顏。
不知忽已老，喜見春風還。
惜別且爲歡，徘徊桃李間。
看花飲美酒，聽鳥臨晴山。
向晚竹林寂，無人空閉關。

江夏送友人

雪點翠雲裘，送君黄鶴樓。
黄鶴振玉羽，西飛帝王州。
鳳無琅玕實，何以贈遠游？
徘徊相顧影，泪下漢江流。

宣州謝朓樓餞別校書叔雲

弃我去者，昨日之日不可留。
亂我心者，今日之日多煩憂。
長風萬里送秋雁，對此可以酣高樓。
蓬萊文章建安骨，中間小謝又清發。
清發：清新秀越。
俱懷逸興壯思飛，欲上青天覽明月。
抽刀斷水水更流，舉杯消愁愁更愁。
人生在世不稱意，明朝散髮弄扁舟。

送崔氏昆季之金陵

放歌倚東樓，行子期曉發。
秋風渡江來，吹落山上月。

主人出美酒，滅燭延清光。
二崔向金陵，安得不盡觴。
水客弄歸棹，雲帆卷輕霜。
扁舟敬亭下，五兩先飄揚。
峽石入水花，碧流日更長。
思君無歲月，西笑阻河梁。

山中問答

問余何意栖碧山，笑而不答心自閑。
桃花流水窅然去，別有天地非人間。

窅然：深遠的樣子。

答湖州迦葉司馬問白是何人

青蓮居士謫仙人，酒肆藏名三十春。

湖州司馬何須問，金粟如來是後身。

酬崔十五見招

爾有鳥迹書，相招琴溪飲。鳥迹：文字，書法。

手迹尺素中，如天落雲錦。雲錦：朝霞。

讀罷向空笑，疑君在我前。

長吟字不滅，懷袖且三年。

把酒問月

青天有月來幾時，我今停杯一問之。

人攀明月不可得，月行却與人相隨。

皎如飛鏡臨丹闕，緑烟滅盡清輝發。緑烟：夜晚遮蔽月光的濃

但見宵從海上來，寧知曉向雲間没。重雲霧。

白兔擣藥秋復春，嫦娥孤栖與誰鄰？
今人不見古時月，今月曾經照古人。
古人今人若流水，共看明月皆如此。
唯願當歌對酒時，月光長照金樽裏。

夜泛洞庭尋裴侍御清酌

日晚湘水緑，孤舟無端倪。端倪：邊際。
明湖漲秋月，獨泛巴陵西。
遇憩裴逸人，岩居陵丹梯。
抱琴出深竹，爲我彈《鶤鷄》。
曲盡酒亦傾，北窗醉如泥。
人生且行樂，何必組與珪？

九日龍山飲

九日龍山飲，黄花笑逐臣。
醉看風落帽，舞愛月留人。

登金陵鳳凰臺

鳳凰臺上鳳凰游，鳳去臺空江自流。
吴宫花草埋幽徑，晋代衣冠成古丘。
三山半落青天外，一水中分白鷺洲。
總爲浮雲能蔽日，長安不見使人愁。

望廬山瀑布（二首選一）

其二

日照香爐生紫烟，遥看瀑布挂前川。

香爐：廬山香爐峰。

飛流直下三千尺，疑是銀河落九天。

鸚鵡洲

鸚鵡來過吴江水，江上洲傳鸚鵡名。
鸚鵡西飛隴山去，芳洲之樹何青青。
烟開蘭葉香風暖，岸夾桃花錦浪生。
遷客此時徒極目，長洲孤月向誰明。

秋登宣城謝朓北樓

江城如畫裏，山晚望晴空。
兩水夾明鏡，雙橋落彩虹。
人烟寒橘柚，秋色老梧桐。
誰念北樓上，臨風懷謝公。

望天門山

天門中斷楚江開，碧水東流至此回。
兩岸青山相對出，孤帆一片日邊來。

登廣武古戰場懷古

秦鹿奔野草，逐之若飛蓬。
項王氣蓋世，紫電明雙瞳。
呼吸八千人，橫行起江東。
赤精斬白帝，叱咤入關中。
兩龍不并躍，五緯與天同。
楚滅無英圖，漢興有成功。
按劍清八極，歸酣歌《大風》。

伊昔臨廣武，連兵決雌雄。
分我一杯羹，太皇乃汝翁。
戰争有古迹，壁壘頽層穹。
猛虎嘯洞壑，飢鷹鳴秋空。
翔雲列曉陣，殺氣赫長虹。
撥亂屬豪聖，俗儒安可通。
沉湎呼竪子，狂言非至公。
撫掌黄河曲，嗤嗤阮嗣宗。

夜下征虜亭

船下廣陵去，月明征虜亭。
山花如綉頰，江火似流螢。

客中作

蘭陵美酒鬱金香，玉碗盛來琥珀光。
但使主人能醉客，不知何處是他鄉？

上三峽

巫山夾青天，巴水流若兹。
巴水忽可盡，青天無到時。
三朝上黄牛，三暮行太遲。
三朝又三暮，不覺鬢成絲。

早發白帝城

朝辭白帝彩雲間，千里江陵一日還。
兩岸猿聲啼不盡，輕舟已過萬重山。

宿五松山下荀媼家

我宿五松下，寂寥無所歡。
田家秋作苦，鄰女夜舂寒。
跪進雕胡飯，月光明素盤。
令人慚漂母，三謝不能飡。

雕胡飯：用菰米做成的飯食。
素盤：簡樸的碗具。

西施

西施越溪女，出自苧蘿山。
秀色掩今古，荷花羞玉顏。
浣紗弄碧水，自與清波閑。
皓齒信難開，沉吟碧雲間。
勾踐徵絕艷，揚蛾入吳闗。

提携館娃宮，杳渺詎可攀。
一破夫差國，千秋竟不還。

上元夫人

上元誰夫人？偏得王母嬌。
嵯峨三角髻，餘髮散垂腰。
裘披青毛錦，身著赤霜袍。
手提嬴女兒，閑與鳳吹簫。
眉語兩自笑，忽然隨風飄。

蘇臺覽古

舊苑荒臺楊柳新，菱歌清唱不勝春。
只今惟有西江月，曾照吴王宫裏人。

越中覽古

越王勾踐破吳歸，義士還家盡錦衣。

宮女如花滿春殿，只今惟有鷓鴣飛。

春殿：指越王勾踐的豪華宮殿。

蘇武

蘇武在匈奴，十年持漢節。

白雁上林飛，空傳一書札。

牧羊邊地苦，落日歸心絶。

渴飲月窟水，飢飡天上雪。

東還沙塞遠，北愴河梁別。

泣把李陵衣，相看泪成血。

經下邳圯橋懷張子房

子房未虎嘯，破産不爲家。
滄海得壯士，椎秦博浪沙。
報韓雖不成，天地皆振動。
潛匿游下邳，豈曰非智勇？
我來圯橋上，懷古欽英風。
唯見碧流水，曾無黄石公。
嘆息此人去，蕭條徐泗空。

廬江主人婦

孔雀東飛何處栖，廬江小吏仲卿妻。
爲客裁縫君自見，城烏獨宿夜空啼。

宿巫山下

昨夜巫山下，猿聲夢裏長。
桃花飛淥水，三月下瞿塘。
雨色風吹去，南行拂楚王。
高丘懷宋玉，訪古一沾裳。

對酒醉題屈突明府廳

陶令八十日，長歌《歸去來》。
故人建昌宰，借問幾時回？
風落吴江雪，紛紛入酒杯。
山翁今已醉，舞袖爲君開。

月下獨酌（四首選二）

其一

花間一壺酒，獨酌無相親。

舉杯邀明月，對影成三人。

月既不解飲，影徒隨我身。

暫伴月將影，行樂須及春。　將：偕，和。

我歌月徘徊，我舞影零亂。

醒時同交歡，醉後各分散。　無情：忘情，忘却世俗雜念。

永結無情游，相期邈雲漢。　雲漢：天河。

其二

天若不愛酒，酒星不在天。

地若不愛酒，地應無酒泉。

天地既愛酒，愛酒不愧天。

已聞清比聖，復道濁如賢。
賢聖既已飲，何必求神仙？
三杯通大道，一斗合自然。
但得酒中趣，勿爲醒者傳。

清溪半夜聞笛

羌笛《梅花引》，吴溪隴水情。
寒山秋浦月，腸斷玉關聲。

山中與幽人對酌 幽人：指隱士。

兩人對酌山花開，一杯一杯復一杯。
我醉欲眠卿且去，明朝有意抱琴來。

春日醉起言志

處世若大夢，胡爲勞其生。
所以終日醉，頽然卧前楹。
覺來盼庭前，一鳥花間鳴。
借問此何時，春風語流鶯。
感之欲嘆息，對酒還自傾。
浩歌待明月，曲盡已忘情。

與史郎中欽聽黄鶴樓上吹笛

一爲遷客去長沙，西望長安不見家。
黄鶴樓中吹玉笛，江城五月落《梅花》。

遷客：被貶謫到外地的官員。

對酒

勸君莫拒杯，春風笑人來。

桃李如舊識，傾花向我開。
流鶯啼碧樹，明月窺金罍。
昨日朱顔子，今日白髮催。
棘生石虎殿，鹿走姑蘇臺。
自古帝王宅，城闕閉黄埃。
君若不飲酒，昔人安在哉！

嘲王歷陽不肯飲酒

地白風色寒，雪花大如手。
笑殺陶淵明，不飲杯中酒。
浪撫一張琴，虚栽五株柳。
空負頭上巾，吾于爾何有？

獨坐敬亭山

衆鳥高飛盡，孤雲獨去閑。
相看兩不厭，只有敬亭山。

敬亭山：在今安徽宣州城北。

訪戴天山道士不遇

戴天山：又名大康山，在今四川江油。

犬吠水聲中，桃花帶露濃。
樹深時見鹿，溪午不聞鐘。
野竹分青靄，飛泉挂碧峰。
無人知所去，愁倚兩三松。

憶崔郎中宗之游南陽遺吾孔子琴撫之潸然感舊

昔在南陽城，唯飡獨山蕨。

獨山：即豫山，在今河南南陽。

憶與崔宗之，白水弄素月。

時過菊潭上，縱酒無休歇。
泛此黄金花，頹然清歌發。
一朝摧玉樹，生死殊飄忽。
留我孔子琴，琴存人已没。
誰傳《廣陵散》，但哭邙山骨。
泉户何時明，長歸狐兔窟。

望月有懷

清泉映疏松，不知幾千古。
寒月摇清波，流光入窗户。
對此空長吟，思君意何深。
無因見安道，興盡愁人心。

春滯沅湘有懷山中

沅湘春色還，風暖烟草緑。
古之傷心人，于此腸斷續。
予非《懷沙》客，但美《采菱曲》。懷沙：屈原作《懷沙》賦。
所願歸東山，寸心于此足。

效古（二首）

其一

朝入天苑中，謁帝蓬萊宫。
青山映輦道，碧樹摇烟空。
謬題金閨籍，得與銀臺通。
待詔奉明主，抽毫頌清風。

歸時落日晚，蹀躞浮雲驄。蹀躞：行走。
人馬本無意，飛馳自豪雄。
入門紫鴛鴦，金井雙梧桐。
清歌弦古曲，美酒沽新豐。
快意且爲樂，列筵坐群公。
光景不可留，生世如轉蓬。
早達勝晚遇，羞比垂釣翁。

其二

自古有秀色，西施與東鄰。
蛾眉不可妒，况乃效其矉。
所以尹婕妤，羞見邢夫人。

低頭不出氣，塞默少精神。
寄語無鹽子，如君何足珍。　無鹽：古之醜婦。

擬古（十二首選四）

其二

高樓入青天，下有白玉堂。
明月看欲墮，當窗懸清光。
遥夜一美人，羅衣沾秋霜。　遥夜：長夜。
含情弄柔瑟，彈作《陌上桑》。
弦聲何激烈，風卷繞飛梁。
行人皆躑躅，栖鳥去回翔。
但寫妾意苦，莫辭此曲傷。

願逢同心者，飛作紫鴛鴦。

其五

今日風日好，明日恐不如。
春風笑于人，何乃愁自居。
吹簫舞彩鳳，酌醴鱠神魚。
千金買一醉，取樂不求餘。
達士遺天地，東門有二疏。
愚夫同瓦石，有才知卷施。
無事坐悲苦，塊然涸轍鮒。

其九

生者爲過客，死者爲歸人。

天地一逆旅，同悲萬古塵。
月兔空擣藥，扶桑已成薪。
白骨寂無言，青松豈知春。
前後更嘆息，浮榮何足珍。

其十二

去去復去去，辭君還憶君。
漢水既殊流，楚山亦此分。
人生難稱意，豈得長爲群。
越燕喜海日，燕鴻思朔雲。
別久容華晚，琅玕不能飯。
日落知天昏，夢長覺道遠。

望夫登高山，化石竟不返。

感興（八首選二）

其二

洛浦有宓妃，飄飖雪争飛。
輕雲拂素月，了可見清輝。
解珮欲西去，含情詎相違。
香塵動羅襪，淥水不沾衣。
陳王徒作賦，神女豈同歸。
好色傷大雅，多爲世所譏。

其八

嘉榖隱豐草，草深苗且稀。

農夫既不异，孤穗將安歸？
常恐委疇隴，忽與秋蓬飛。
烏得薦宗廟，爲君生光輝。

感遇（四首選二）

其一

吾愛王子晋，得道伊洛濱。
金骨既不毁，玉顔長自春。
可憐浮丘公，猗靡與情親。

猗靡：相隨。

舉手白日間，分明謝時人。
二仙去已遠，夢想空殷勤。

其四

宋玉事楚王，立身本高潔。
巫山賦彩雲，郢路歌白雪。
舉國莫能和，巴人皆卷舌。
一惑登徒言，恩情遂中絶。

上崔相百憂章

共工赫怒，天維中摧。
鯤鯨噴蕩，揚濤起雷。
魚龍陷人，成此禍胎。
火焚昆山，玉石相磓。
仰希霖雨，灑寶炎煨。
箭發石開，戈揮日回。

鄒衍慟哭，燕霜颯來，
微誠不感。猶縶夏臺。
蒼鷹搏攫，丹棘崔嵬。
豪聖凋枯，王風傷哀。
斯文未喪，東岳豈頽。
穆逃楚難，鄒脱吴灾。
見機苦遲，二公所咍。
驥不驟進，麟何來哉！
星離一門，草擲二孩。
萬憤結緝，憂從中催。
金瑟玉壺，盡爲愁媒。

舉酒太息，泣血盈杯。

台星再朗，天網重恢。

屈法申恩，弃瑕取材。

冶長非罪，尼父無猜。

覆盆儻舉，應照寒灰。

萬憤詞投魏郎中

海水渤潏，人罹鯨鯢。

渤潏（音决）：涌起。

蓊胡沙而四塞，始滔天于燕齊。

何六龍之浩蕩，遷白日于秦西。

九土星分，嗷嗷悽悽。

南冠君子，呼天而啼。

戀高堂而掩泣，泪血地而成泥。

獄户春而不草，獨幽怨而沉迷。

兄九江兮弟三峡，悲羽化之難齊。

穆陵關北愁愛子，豫章天南隔老妻。

一門骨肉散百草，遇難不復相提携。

樹榛拔桂，囚鸞寵鷄。

舜昔授禹，伯成耕犁。

德自此衰，吾將安栖。

好我者恤我，不好我者何忍臨危而相擠。

子胥鴟夷，彭越醢醢。醢（音海）：魚肉制成的醬；醯（音嘻）：醋。

自古豪烈，胡爲此緊？醢醯泛指調料。此指將人剁成肉醬的酷刑。

蒼蒼之天，高乎視低。
如其聽卑，脫我牢狴。狴：監獄。
儻辨美玉，君收白珪。

覽鏡書懷

得道無古今，失道還衰老。
自笑鏡中人，白髮如霜草。
捫心空嘆息，問影何枯槁？
桃李竟何言，終成南山皓。

田園言懷

賈誼三年謫，班超萬里侯。
何如牽白犢，飲水對清流。

聽蜀僧濬彈琴

蜀僧抱緑綺，西下峨眉峰。
爲我一揮手，如聽萬壑松。
客心洗流水，遺響入霜鐘。
不覺碧山暮，秋雲暗幾重。

魯東門觀刈蒲

魯國寒事早，初霜刈渚蒲。
揮鐮若轉月，拂水生連珠。
此草最可珍，何必貴龍鬚？
織作玉床席，欣承清夜娱。
羅衣能再拂，不畏素塵蕪。

南軒松

南軒有孤松，柯葉自綿冪。

綿冪（音密）：枝葉稠密而相覆。

清風無閑時，蕭灑終日夕。

陰生古苔緑，色染秋烟碧。

何當凌雲霄，直上數千尺。

觀放白鷹（二首）

其一

八月邊風高，胡鷹白錦毛。

孤飛一片雪，百里見秋毫。

其二

寒冬十二月，蒼鷹八九毛。

寄言燕雀莫相啅，自有雲霄萬里高。

求崔山人百丈崖瀑布圖

百丈素崖裂，四山丹壁開。
龍潭中噴射，晝夜生風雷。
但見瀑泉落，如潨雲漢來。
聞君寫真圖，島嶼備縈回。
石黛刷幽草，曾青澤古苔。
幽緘儻相傳，何必向天台。

潨（音從）：水流交匯。

見野草中有名白頭翁者

醉入田家去，行歌荒野中。
如何青草裏，亦有白頭翁？

折取對明鏡，宛將衰鬢同。
微芳似相誚，留恨向東風。

咏桂（二首）

其一

園花笑芳年，池草艷春色。
猶不如槿花，嬋娟玉階側。
芬榮何夭促，零落在瞬息。
豈若瓊樹枝，終歲長翕赩。

翕赩：茂盛。

其二

世人種桃李，多在金張門。
攀折争捷徑，及此春風暄。

一朝天霜下，榮耀難久存。
安知南山桂，緑葉垂芳根。
清陰亦可托，何惜樹君園。

白胡桃

紅羅袖裹分明見，白玉盤中看却無。
疑是老僧休念誦，腕前推下水精珠。

題元丹丘山居

故人栖東山，自愛丘壑美。
青春卧空林，白日猶不起。
松風清襟袖，石潭洗心耳。
羡君無紛喧，高枕碧霞裹。

洗脚亭

白道向姑熟，洪亭臨道旁。
前有吴時井，下有五丈床。
樵女洗素足，行人歎金裝。
西望白鷺洲，蘆花似朝霜。
送君此時去，回首泪成行。

白道：大路。

勞勞亭

天下傷心處，勞勞送客亭。
春風知别苦，不遣柳條青。

嘲魯儒

魯叟談《五經》，白髮死章句。

問以經濟策，茫如墜烟霧。

足著遠游履，首戴方山巾。

緩步從直道，未行先起塵。

秦家丞相府，不重褒衣人。褒衣：寬衣大帶，古代儒生服式。

君非叔孫通，與我本殊倫。殊倫：非同類。

時事且未達，歸耕汶水濱。

懼讒

二桃殺三士，詎假劍如霜。

衆女妒蛾眉，雙花競春芳。

魏姝信鄭袖，掩袂對懷王。

一惑巧言子，朱顔成死傷。

行將泣團扇，戚戚愁人腸。

從軍行

百戰沙場碎鐵衣，城南已合數重圍。
突營射殺呼延將，獨領殘兵千騎歸。

春夜洛城聞笛

誰家玉笛暗飛聲，散入春風滿洛城。
此夜曲中聞《折柳》，何人不起故園情。

宣城見杜鵑花

蜀國曾聞子規鳥，宣城還見杜鵑花。
一叫一回腸一斷，三春三月憶三巴。

三五七言

秋風清，秋月明。

落葉聚還散，寒鴉栖復驚。

相思相見知何日，此時此夜難爲情。

難爲情：難以控制相思之情。

寄遠（十二首選六）

其三

本作一行書，殷勤道相憶。

一行復一行，滿紙情何極。

瑶臺有黄鶴，爲報青樓人。

朱顔凋落盡，白髮一何新。

自知未應還，離居經三春。

桃李今若爲，當窗發光彩。

莫使香風飄，留與紅芳待。

其七

妾在春陵東，君居漢江島。
百里望花光，往來成白道。
一爲雲雨別，此地生秋草。
秋草秋蛾飛，相思愁落暉。
何由一相見，滅燭解羅衣。

其八

憶昨東園桃李紅碧枝，與君此時初別離。
金瓶落井無消息，令人行嘆復坐思。
坐思行嘆成楚越，春風玉顏畏銷歇。

碧窗紛紛下落花，青樓寂寂空明月。
兩不見，但相思。
空留錦字表心素，至今緘愁不忍窺。

其十

魯縞如玉霜，筆題月支書。
寄書白鸚鵡，西海慰離居。
行數雖不多，字字有委曲。
天末如見之，開緘泪相續。
泪盡恨轉深，千里同此心。
相思千萬里，一書直千金。

其十一

美人在時花滿堂，美人去後餘空床。
床中綉被卷不寢，至今三載聞餘香。
香亦竟不滅，人亦竟不來。
相思黄葉落，白露濕青苔。

其十二

愛君芙蓉嬋娟之艷色，若可飡兮難再得。
憐君冰玉清迥之明心，情不極兮意已深。
朝共琅玕之綺食，夜同鴛鴦之錦衾。
恩情婉孌忽爲别，使人莫錯亂愁心。婉孌：美好。
亂愁心，涕如雪。
寒燈厭夢魂欲絶，覺來相思生白髮。

盈盈漢水若可越，可惜凌波步羅襪。

美人美人兮歸去來，莫作朝雲暮雨兮飛陽臺。

長信宮

月皎昭陽殿，霜清長信宮。

天行乘玉輦，飛燕與君同。

更有歡娱處，承恩樂未窮。

誰憐團扇妾，獨坐怨秋風。

長門怨（二首）

其一

天回北斗挂西樓，金屋無人螢火流。

月光欲到長門殿，别作深宫一段愁。

其二

桂殿長愁不記春，黄金四屋起秋塵。
夜懸明鏡青天上，獨照長門宫裏人。

代贈遠

妾本洛陽人，狂夫幽燕客。
渴飲易水波，由來多感激。
胡馬西北馳，香鬟搖緑絲。
鳴鞭從此去，逐虜蕩邊陲。
昔去有好言，不言久離别。
燕支多美女，走馬輕風雪。
見此不記人，恩情雲雨絶。

啼流玉箸盡，坐恨金閨切。
織錦作短書，腸隨回文結。
相思欲有寄，恐君不見察。
焚之揚其灰，手迹自此滅。

陌上贈美人

駿馬驕行踏落花，垂鞭直拂五雲車。
美人一笑褰珠箔，遥指紅樓是妾家。

閨情

流水去絶國，浮雲辭故關。
水或戀前浦，雲猶歸舊山。
恨君流沙去，弃妾漁陽間。

玉箸夜垂流，雙雙落朱顔。
黄鳥坐相悲，緑楊誰更攀。
織錦心草草，挑燈泪斑斑。
窺鏡不自識，况乃狂夫還。

代別情人

清水本不動，桃花發岸旁。
桃花弄水色，波蕩摇春光。
我悦子容艶，子傾我文章。
風吹緑琴去，曲度《紫鴛鴦》。
昔作一水魚，今成兩枝鳥。
哀哀長鷄鳴，夜夜達五曉。

起折相思樹，歸贈知寸心。

覆水不可收，行雲難重尋。

天涯有度鳥，莫絶瑶華音。

怨情

新人如花雖可寵，故人似玉猶來重。

花性飄揚不自持，玉心皎潔終不移。

故人昔新今尚故，還見新人有故時。

請看陳后黄金屋，寂寂珠簾生網絲。

湖邊采蓮婦

小姑織白紵，未解將人語。

大嫂采芙蓉，溪湖千萬重。

長兄行不在，莫使外人逢。
願學秋胡婦，貞心比古松。

代寄情楚詞體

君不來兮，徒蓄怨積思而孤吟。
雲陽一去，以遠隔巫山綠水之沉沉。
留餘香兮染綉被，夜欲寢兮愁人心。
朝馳余馬于青樓，恍若空而夷猶。
浮雲深兮不得語，却惆悵而懷憂。
使青鳥兮銜書，恨獨宿兮傷離居。
何無情而兩絶，夢雖往而交疏。
橫流涕而長嗟，折芳洲之瑶花。

送飛鳥以極目，怨夕陽之西斜。
願爲連根同死之秋草，不作飛空之落花。

學古思邊

銜悲上隴首，腸斷不見君。
流水若有情，幽哀從此分。
蒼茫愁邊色，惆悵落日曛。
山外接遠天，天際復有雲。
白雁從中來，飛鳴苦難聞。
足繫一書札，寄言歎離群。
離群心斷絶，十見花成雪。
胡地無春暉，征人行不歸。

相思杳如夢，珠淚濕羅衣。

口號吳王美人半醉

風動荷花水殿香，姑蘇臺上見吳王。
西施醉舞嬌無力，笑倚東窗白玉床。

折荷有贈

涉江玩秋水，愛此紅蕖鮮。
攀荷弄其珠，蕩漾不成圓。
佳人彩雲裏，欲贈隔遠天。
相思無因見，悵望涼風前。

代美人愁鏡（二首）

其一

明明金鵲鏡，了了玉臺前。
拂拭皎冰月，光輝何清圓。
紅顔老昨日，白髮多去年。
鉛粉坐相誤，照來空凄然。

其二

美人贈此盤龍之寶鏡，燭我金縷之羅衣。
時將紅袖拂明月，爲惜普照之餘輝。
影中金鵲飛不滅，臺下青鸞思獨絶。
稿砧一别若箭弦，去有日，來無年。

稿砧：『丈夫』的隱語。

狂風吹却妾心斷，玉箸并墮菱花前。

贈段七娘

羅襪凌波生網塵，那能得計訪情親。
千杯綠酒何辭醉，一面紅妝惱殺人。

秋浦寄内

我今尋陽去，辭家千里餘。
結荷見水宿，却寄大雷書。
雖不同辛苦，愴離各自居。
我自入秋浦，三年北信疏。
紅顔愁落盡，白髮不能除。
有客自梁苑，手携五色魚。
開魚得錦字，歸問我何如。
江山雖道阻，意合不爲殊。

自代内贈

寶刀裁流水，無有斷絕時。
妾意逐君行，纏綿亦如之。
別來門前草，秋巷春轉碧。
掃盡更還生，萋萋滿行迹。
鳴鳳始相得，雄驚雌各飛。
游雲落何山，一往不見歸。
估客發大樓，知君在秋浦。
梁苑空錦衾，陽臺夢行雨。
妾家三作相，失勢去西秦。
猶有舊歌管，凄清聞四鄰。

曲度入紫雲，啼無眼中人。曲度：曲之節奏。

妾似井底桃，開花向誰笑？

君如天上月，不肯一回照。

窺鏡不自識，別多憔悴深。

安得秦吉了，爲人道寸心。

贈内

三百六十日，日日醉如泥。

雖爲李白婦，何异太常妻。太常：指東漢周澤。

南流夜郎寄内

夜郎天外怨離居，明月樓中音信疏。

北雁春歸看欲盡，南來不得豫章書。

示金陵子

金陵城東誰家子，竊聽琴聲碧窗裏。
落花一片天上來，隨人直渡西江水。
楚歌吴語嬌不成，似能未能最有情。
謝公正要東山妓，攜手林泉處處行。

浣紗石上女

玉面耶溪女，青蛾紅粉妝。
一雙金齒屐，兩足白如霜。

巴女詞

巴水急如箭，巴船去若飛。
十月三千里，郎行幾歲歸？

哭晁卿衡

日本晁卿辭帝都，征帆一片繞蓬壺。
明月不歸沉碧海，白雲愁色滿蒼梧。

自溧水道哭王炎（三首選一）

其三

王家碧瑶樹，一樹忽先摧。
海内故人泣，天涯吊鶴來。
未成霖雨用，先夭濟川材。
一罷《廣陵散》，鳴琴更不開。

哭宣城善釀紀叟

紀叟黄泉裏，還應釀老春。

夜臺無曉日，沽酒與何人？

宣城哭蔣徵君華

敬亭埋玉樹，知是蔣徵君。
安得相如草，空餘封禪文。
池臺空有月，詞賦舊淩雲。
獨挂延陵劍，千秋在古墳。